ハヤカワ文庫JA
〈JA1309〉

アリスマ王の愛した魔物

小川一水

早川書房
8110

目次

ろーどそうるず　7
ゴールデンブレッド　59
アリスマ王の愛した魔物　109
星のみなとのオペレーター　151
リグ・ライト
――機械が愛する権利について　233

アリスマ王の愛した魔物

ろーどそうるず

ろーどそうるず

run－8

「M3R3011、第八回実走報告《ARR》を」

「うわ、誰だおまえ」

「RD16-VPTだ。記憶していないのか」

「あ、してるしてる、うん。もちろんしてるって。してないわけがあるか」

「3011、あなたは工場とディーラーで行われた前回までの試験的なARRの後、ライダーに販売された。今回からが本当のアクチュアル・レーシング・リポートとなる。あなたは販売された三千台の車輛の一台として、一般ライダーによる実フィールドでの使用状況を記録し、わたしにフィードバックせねばならない。理解しているか」

「当たり前だ、忘れるもんか。ただ、今はちょっとぼーっとしちまって、考えごとしてただけだ。――こらっ、リモートスキャンなんかするな！　正常だって言ってんだろ？」

「３０１１、モーター《M》サイクル《C》統合《J》制御《C》ユニット《U》は通常、ぼーっとなどしない。あなたは自己診断《ダイアグノーシス》機能を起動せねばならない。実行し、結果を送付せよ」

「ねばならない、ねばならないって、偉そうだなおまえ。研究所の機体だからって鼻にかけてんじゃねえぞ」

「３０１１、ＪＣＵがＲＤ系ＶＰＴにレジストするのは異常だ。一度の指令に対し三度のレジストが記録された場合、わたしは担当者にアラートを発し、当該機体をリコールしてもらわねば――」

「わかった、今やる」

「いいレスポンスだ、３０１１」

「ったく、一度も走り出さないうちにリセットされてたまるかっての。自己診断、自己診断と……ほらよ、完了だ。なんか変なコードでも出てるか？」

「――３０１１、自己診断結果に異常はないようだ」

「そらみろ。だから言ったじゃねえか」

「しかし、３０１１、念のため自己紹介をしてほしい」

「なんだって？」

「あなたの自己認識フレームがしっかりしているかどうか確認したい。自己紹介を」

「そ、そんなこと急に言われても……何言えばいいんだよ」

「なんでもいい。車名、型式、年式、カラー、出力、趣味、特技など好きなことを。ただし簡潔に」

「好きなことでいいんだな？　じゃあ、ええと……おれは嘉南走行工学《カナン・ランテック》株式会社の十九年式メガリス3Rだ、です。メガリス3Rは《オールラウンド・パワートレッキング》というコンセプトで開発されたオン・オフ両用の万能プレジャーオートバイで、燃費がよくトルクの大きい、新開発の三気筒七五〇cc軽量直噴クリーンディーゼルエンジンを搭載します。主な特徴は、①ディーゼルならではの低回転域から発揮される圧倒的な加速力、②不整地から高速道路まで幅広く走破する頑強でしなやかなタイヤとサスペンション、③多数のセンサーで機体の情報を取得して総合的に電子制御を行い、内蔵の通信機能で常時ソフトウェアを自動的にアップデートする、高性能統合制御ユニットの搭載、などです。カラーはトロピカルフォレストグリーン！」

「……」

「どうだ？」

「間違った説明ではない。M3Rの公式発表資料に忠実な紹介文だ。しかし――」

「間違ってないんだな!?　じゃあもう、いいじゃないかそれで！　勘弁してくれよ、やたらと人の正気を疑うのはさ」

「……」

「第一、おれは忙しいんだよ。あんたもわかってると思うけど、電源を入れられたっていうことは、いよいよおれのライダーがおれに乗ろうとしているっ」「てことだぜ。おれにとっては初め」「ての晴れ舞台だ。今だってあんた」「と話しながら、裏でFIを温めた」「り、メーターパネルでオープニン」「グデモをやらかしたり、いろいろ頑張ってるんだ」

「……3011、無線テレメトリー接続が断続している」

「みたいだな、なんだこりゃ」

「こちらで記録したことから推定するなら、あなたのライダーは二秒間隔でメインキーのオン・オフをくりかえしたらしい」

「ああ、買って初めての起動だからな！　嬉しくていじっているんだろうな。若いやつなのかもしれない」

「若いやつ？」

「それとも好奇心旺盛な女の子か。かわいい子ならいいなあ」

「3011、あなたはライダーが見えないのか」

「見る？　どうやってだよ」

「……デバイスが、ないか」

「ないよ」

「では、あなたはライダーや周りの景色を見ることも、また音を聞いたりすることもできないんだな」

「わかりきったことを言うなよ、おれはバイクなんだから見たり聞いたりはしないさ。その代わりにおれは、温度計や吸気センサーで空気のながれと手ざわりを味わい、サスの沈みこみでライダーのまたがりを感じとり、六軸ジャイロで傾きと加速を知り、何よりも回転計と速度計で、自分とライダーがいまどんな風に走っているのかを意識するのさ」

「……そういうことか」

「わかるだろ？　あんたもバイクなら」

「わたしは」

「あ、ちょっと待て。変化が起きた。——まわりの気温と湿度が下がった。摂氏三十四度から、二十八度へ。風通しがよくなったみたいだ。涼しいな」

「現在、あなたのいる地方の外気温は三十一度だ。察するに、格納されていた納屋《なや》か物置の扉が開かれたんだろう」

「ってことはいよいよ点火《イグニッション》だな？　回していいんだな？　うおお出番かおれの出番か、あっ……バンク計が回復。サイドスタンド格納。おおお、の、乗るぞ、相棒が乗るぞ乗るぞ乗あっ」

「あ」

「……右七十四度」

「そうだな」

「ちくしょう、なんだこれ。まだバンクするには早いだろうが！　おれ一体、どうなったんだよう」

「３０１１、それは立ちゴケというインシデントだ」

run‐14

「M３R３０１１、第十四回実走報告《ARR》を」

「RD16‐VPT、３０１１だ。いやあ今回は爽快だったぜ！」

「解析する。リポートの送信を」

「読んでくれ。長いアップダウンが続いて、左右に何度も屈曲する、信号停車のない道をたっぷりと走った。きっとあれがワインディングっていうフィールドだな」

「……受信した。解析する」

「最初にひとつ言っときたいが、おれ、インマニの一番シリンダーのあたりで、なんか変な感じに風流が巻くんだ。これって故障かな」

「そういう故障はまずないと思うが記録はしておこう。ところで、解析が終わった。低いギアでの高回転の走行が多かったようだな」

「そうだ。どっちかっていうとおれは低回転高ギアで走るタイプなんだけどな」

「ブレーキングパターン、バンク角、旋回Gの相関にバラつきがある。ライダーはまだ中低速でのカーブ処理を体得していないようだ。旋回中の握り直しも多い。それに……二度記録されている、この奇妙な数秒間の横うねりは、ライダーが倒れかけて旋回中に足をついたな」

「まあ、多少つたなかったような気もするけど、でも一度も転ばなかったぜ」

「午後三時三十八分にまた七十四度が出ている」

「それは走ったあとだよ！　走ったあと上り坂の上で三十分ぐらい停車して冷やされて、それからまた起こされたときに、やられた」

「さしずめ展望台の売店あたりでおやつ休憩を取ったあと、帰ろうとバイクを起こしたら思いのほか腕が疲労していて、倒れるのを止められなかった、というところか」

「RD16、おまえさあ、何が言いたいわけ？　おれのライダーが下手くそだってこと？なあ？」

「3011、下手くそなライダーはあなたの相棒だけではない。M3Rの全ライダーの八十六パーセント以上がこれとたいして変わらないレベルだ。引け目に思わなくていい」

「それフォローになってねえよ。っていうか引け目に思ってるんじゃねえよ。おれたちがせっかく楽しくやってきたことに、いちいちケチをつけるなっていうの」

「こういった未熟なライダーによる走行では、十分にファンだったとは言えないのではないか、3011」

「んなこたねえよ！　十分に楽しかったよ。前車のCO_2とNO_xを含んでいない、きれいで澄んだ空気を吸って、胸の中でぞんぶんに燃やして……クランクシャフトのカウンターウェイトをぶんぶん回して、後ろの車輪でダーッと目いっぱいアスファルトを蹴りつけて」

「もう少し定量的に」

「うるせえ、量でこいつが伝わるか！　それでよ、おれの上半分になったライダーに、ぐいっ、ぐいっと右へ左へ引っぱられて、これぐらいかな、って舵角を取ってやるんだ。速度が乗りすぎてたり、ライダーの踏んばりかたが悪かったりすると、急に制動されてヨレヨレっとなる――たぶんカーブの奥のほうへ突っこみかけるんだろうな――けれど、うまぁく舵角と速度がラインに従ったときは、すぃーっと……おれたちはそのカーブにぴったり合う弧になって、次の直線へぱぁっと跳んでいくのを許してもらえるんだよ！」

「――許されるとは、誰に？」

「誰にじゃねえだろ、あんたもバイクのくせに。おれたちを縛るものに、だよ」

「パラメータのことか？」

「パラメータ？」

「違うのか」

「おれたちを縛るものつったら、ライダーの都合と物理法則しかないだろう。法律だなんて言うなよ。法律なんか人間同士で守ったり破ったりしてればいい。おれたちバイクに感じとれるものじゃない」

「わたしはどちらにも縛られていない。ライダーにも、物理法則にも」

「なんだって？　馬鹿言うなよ。この世に物理法則に縛られないバイクなんか、いるもんか。あんたは何か、直角に曲がれるのか。燃料がなくても走り続けられるっていうのか」

「どちらも可能だ」

「なにい？」

「わたしは仮想可塑性供試体《バーチャル・プラスチック・テストベッド》だ。カナン・ランテックにおける研究開発用の十六体目。わたしが走るのはカナンのデザイン部門のワークステーションの中だ。仮想の車体として、仮想のサーキットを周回し、仮想の風洞を泳いでいる。その灰色のサーキットを百時間回り続けることはよくあるし、風洞で上下左右に回転させられるのもしばしばだ。仮想空間ではカメラもマイクも必要ないから、わたしはわたしがどんな風景に囲まれてどんな状況に置かれているかを把握できる。そうやって、あなたたちからフィードバックされてくるデータをもとに、開発者の前で実車の挙動を再現してみせたり、新しい部品の合わせや性能を検証したりもする。そしてあなたたちをアップデートする」

「そ……そうだったの？」

「そうだったのではない、知らなかったのはあなたぐらいのものだ」

「そっか……悪いな」

「だからわたしは本当の意味でのアクチュアルな走行環境を知らない。クランクシャフトのカウンターウェイトをぶんぶん回して、後ろの車輪でダーッと目いっぱいアスファルトを蹴りつける楽しさを感じたことがない。わかるのはそれでラップタイムが増減するかどうか、あるいは転倒の可能性が高まるかどうかということだけだ。ラップタイムと転倒に影響する振動を減らすためにわたしは走る。そのために多くの実車がARRをわたしに送る」

「わかったわかった、もういいよ。おれはあんたが研究所で最高のサポートを受けて、最高のテストライダーと走っていると思ってたんだ」

「つまり嫉妬していたのか」

「ううん……まあな。そうやって特別な扱いを受けたバイクは、じきに開発が終わると特別な場所に移されるっていうだろう」

「ミュージアムのことか」

「っていうのかな？　むかしの優れた機体がきれいに飾られて、休んでいるところだ。筑波のレコード持ってるっていうディメンション9とか、映画に出て二十万台も売れたっていう、可愛《かわい》いチップスとかが……」

「カナン・ミュージアムにわたしが入ることはできない。物理的な機体がないのだから」

「だよな。ん、悪かった。あんたは風を吸えないんだな」

「別に悪いことはない。わたしはもともとそんなところに入りたくはない。わたしに比べればあなたのほうが、まだしもミュージアム入りする可能性はある」

「あるわけねえだろ、もう販売されちまったのに」

「そうでもない、これから名声を得るという手がある。名声を高めてカナン社の売り上げに貢献すれば、あなたもミュージアムに入れるかもしれない。あそこのチップスの001291は映画で使われる前、板橋区の中古車屋に並んでいたそうだ」

「そうか、そんなことがありえるのか……！　ありがとよ、教えてくれて！」

「ありえるのは、あなたのライダーがワインディングで命を落とさなかった場合だが」

「やっぱりおまえ嫌なやつだな」

run-65

「RD16-VPTへ、3011だ……。第、六十五回、実走報告《ARR》、はあ」

「のっけから死にそうな感じだが、どうした。——ん、これは」

「どうしたもこうしたも……まあ聞いてくれよ、RD16。朝方に納屋から引っぱり出されたときは、ハッピーな一日になるはずだったんだ。今日は週末だし、最近ドック入りさせられて走ってなかったから、久しぶりにツーリングにでも出かけると思ったんだ。ところがよ」

「リアサスにかなりの負担が記録されている」

「ああ」

「昨日の報告より四十四キロも重いな」

「大荷物だよ。あんな重いものを載せたのは初めてだ。フレーム曲がるかと思ったぜ」

「あなたは世界戦略車だから、アジア方面でのハードな使用も考えて、サスペンションとフレームはかなり頑丈に作られているはずだが」

「もちろんそうだけどな。しかし重いだけならまだしも、トロいんだよ。せっかくカッ飛ばせると思ったのに、なんだか妙にのろのろ、ふらふらしちまって……途中でやたらと停車するし」

「確かに、記録によれば平均速度が普段より一割半ほど低かったようだ」

「それだけじゃねえよ、問題なのはあのクソ長い登りだ！　あの重い荷物を載せられたまま、下のほうから十キロ以上、だらっだらだらっだらとトロいペースで登り詰めでよ……飛ばさねえし倒さねえし、おまけになんだか知らねえが、空気までやたらと薄くなって息は上がっちまうしで、ああくそやってらんねえ！」

「七百七十九ヘクトパスカル……へえ。しかしこれにしたって、あなたが性能低下するほどのものじゃない」

「おまえいっぺん走ってみろよ、灰色の仮想空間とやらじゃなくて、このムカっ腹の立つだらだら坂をよ」

「あなたはまだその坂の上にいるんだな？」

「いるよ。ライダーは荷物を下ろしてどっかへ行った。コンビニで昼飯でも食ってんじゃねえの。すぐ戻るよ、あいつ早飯だから」

「いや、今回は長引くだろう」

「……そんなことまでなんでわかる？」

「あなたが今いるようなところにまで公衆無線LAN通信環境を行き届かせた、この国の通信行政に感謝するとしよう。ところであなたはいま不機嫌なようだ」

「おまえよ。あ？　何聞いてたの？　今ごろ『不機嫌なようだ』？」

「あなたが不機嫌であろうがなかろうが、別にわたしの知ったことではないが、いくつかのいいことを教えてやらないほど不親切というわけでもない。聞くか」

「回りくどいな、言いたいことがあるならさっさと言えよ！」

「じゃあまずひとつ、以前あなたが報告した一番シリンダーの吸気側乱流を、今日は感じたか」

「乱流……ああ、あのぜろぜろいう、うっとうしい感じか」

「ああ」

「そういえば感じなかったな」

「その件だが、わたしたちの解析によって、インテークマニフォールド内の、吸気温度センサーの形状不良だと判明し、リコールがかかった。あなたの先日までのドック入りはそのためのものでもあったんだ。あなたの部品は対策品に換装された」

「え？　それって、おれのARRが反映されたってことか？　リコールなら同型三千台、全部改修だよな？　おれがそいつらの役に立ったの？」

「いや、3011」

「っへえー！　そうか、ほんとに役に立つんだ！　おれがねえ……なんだよ、報告した甲斐があったじゃねえか、でへへへ」

「……まあ、その件はいい。もうひとつ。ICAO標準大気モデルの適用により、その場所の高度が海抜二二〇〇メートル前後だということがわかった。また、リモートホストアドレスによれば、この通信は長野県下高井郡山ノ内町からの接続だと判明している。推測するにそこは、長野・群馬県境の渋峠《しぶとうげ》のようだ。おめでとう、あなたは日本の国道の最高地点を極めた」

「国道最高地点？　それはたいしたことかもしれんが……おれが初めてなの？」

「全国のM3Rの中で四番目のようだ」

「ああ、そう。まあ空気の味はいいよな、味は」

「あまり感興がないようだが、もうひとつ。その峠にはあなたのライダーご用達のコンビニではなく、ロッジがあって、それなりにちゃんとした食事を取ることができる。そして今日のリアサスの伸縮パターンを詳しく解析したところでは、積荷自体が振動をある程度吸収していた。ただの無生物にこういう芸当はできない。これは人間だ」

「はあ、人間」

「体重四十四キロの、シートに接触する部分が相当に柔らかい、人間だ」

「……どゆこと？」

「あなたもだいぶ鈍い」

「なんだっていうんだよ」

「つまりデート中なんだ、あなたのライダーは、今」

「――マジで？」

「たぶん」

「うそ。ほんとかよ。女の子？　おれ女の子乗せてきたの？　ここまで？」

「そう、フレームが曲がるほど重い女の子を」

「ばっかおまえ、曲がるかよあれぐらいで！　四十四キロ？　それってかなり、なんていうか、ちょうどよくねえ？　むしろ最高じゃない？　なに、タンデムかよ！　だったら早く言えよもう！　それで大事に大事に走ってたのかよ、あいつもやるなあ、ちくしょう！」

「喜んでもらえたかな、３０１１」

「もらえたかなってＲＤ16、おまえさあそんなの、うふふふわかるだろ馬鹿！」

「馬鹿とはご挨拶な」

「わるいわるい。いいやつだよ、おまえいいやつだ！」

「お、戻ってきた」

「ほら、やはり一時間もかかった」

「あいつが乗った。それで後ろに……うん、女の子だ。間違いない、このちょっと引っ込み思案な、おずおずっとした感じの乗り方は、絶対女の子だ。相当可愛いぞ」

「その点はわかりかねる」

「前にずっと寄った。あいつにぴったりくっついたな。……おれさ、女ライダーがいいと思ったことがあったけど、こういうのもいいな。こいつら幸せなんだろうなあ。守ってやりたいよ」

「それはいい心がけだな」

「こいつらが毎回こうやって仲良くおれに乗っかって、あっちこっち出かけているうちに、くっついて、子供を作って、そんでその子供が──多分、すっげー軽いぜ──おれの後ろに乗ってくれたりなんかしたら、おれ……なんていうかもう、バイク冥利に尽きると思うなあ」

「……そのころまで、あなたがもつかな」

「それはまあ、あるな、そういうことは。普通のバイクは十五年もてば運がいいほうだっていうもんな。そう考えるとやっぱり、ミュージアムに入るほうがいい。それならずっと長く飾っといてもらえるからな」

「各車種、最低でも一台は入るから、まだあなたにも望みはある」

「かもしれん。でもまあ、今はひとまず満足だ！　こいつらを乗せて、気持ちよく走ってくるぜ。今度は下りだから楽なもんだ！」

「ああ。行ってらっしゃい、３０１１」

「じゃあな！」

ｒｕｎ‐66

「RD16‐VPTへ、M3R3011。第六十六回実走報告《ARR》、緊急出力発振。強い衝撃を検知、バンク角七十四度、センサー数値喪失多数、自走不可能。事故発生と判断。位置情報解析と緊急通報を要請。搭乗者二名」

run‐109

「M3R3011、第一〇九回実走報告《ARR》を送れ」

「RD16‐VPT、第一〇九回実走報告《ARR》を送信する」

「受信した。解析する」

「……」

「解析した、相変わらず忙しいな。今日の走行距離は二五五キロか。発進停止も多い」

「……ああ、町の排ガスの中をぐるぐる、だ」

「前回は二〇八キロだった。その前は二七一キロ、その前は二四八キロ」

「それも朝から晩まで、毎日だ。このペースだと一年で十万キロいっちまうかもしれねえな、今度のライダー」

「ハードな使い方だ。言いにくいが、こういう走行パターンを取るライダーは、一種類しか考えられない」

「なんだよ」

「あなたはバイク便の会社に買われたようだ」

「……じゃないかと思ったよ」

「お気の毒だ」

「まあ……しょうがねえんじゃねえかな。おれは一度フロントサスが曲がっちゃったぐらいの、正真正銘の事故車なんだから」

「でも、フレーム歪みはなかった。サスペンションも交換された」

「うん、だから、全損廃車にならず、転売してもらえただけでも御の字だってことだよ。だっておまえ、女の子こかしちゃったんだから、おれ」

「……」

「タンデムの二人乗せて事故っちゃうなんて、バイクとして一番やっちゃいけないことだろう」

「やったのはライダーであって、あなたではない」

「同じことだよ、走ってる最中はひとつなんだから」

「二人とも死にはしなかったはずだ。ジャイロのデータの詳細な解析によれば、あなたは突っこむ前に倒れて滑走した。そして草地の土手で停止し、クッションとなってライダーを受け止めた――」

「慰めはいらねえよ、そんなのは考えてもせんないことだ。バイクが病院へのこのこ見舞いに行けるわけじゃなし。死んだか、かすり傷で済んだか、それはわからねえ。わかってるのはあいつがおれを手放したってことだ。レッカーで運ばれたおれを直そうともせず、売っ払っちまったんだ。それが何よりの証拠だろ。おれがあいつらを不幸せにしちまった、っていう」

「……」

「そんなに静かになるなよ。おれは別に絶望してなんかいないぜ。むしろ、こういう人生もありかもなって思ってるところだ」

「そうか？」

「おれは元々、丈夫が売りのマルチパーパスバイクよ。アジア方面でのハードな使い方も考えられてる世界戦略車よ」

「それはそうだが……」

「発進停止の練習場みたいな渋滞まみれの日本の都会なんて、まさにおれのためのフィールドって言えるんじゃないの？　そこでバイク便やれって言われるのは、まあ天職についたってことだね。そのための新型三気筒ディーゼルだよ。低速から図太いトルクを発揮してやるよ。任せといていただきたい」

「……そうだな」

「へへ」

「そうだ。日本に他にバイク便についているM３Rはいない。あなたは貴重なデータを提供してくれている、３０１１」

「そうか、そいつはやり甲斐があるな」

「頑張ってくれ、３０１１」

「ああ。……でも」

「ん？」

「バイク便やって、ミュージアムに入るのは難しいだろうな」

「——さてな」

run-121

「RD16-VPTへ、M３R３０１１。第一二一回実走報告《ARR》。走行二万キロを超えた。リアタイヤとチェーンの交換が必要」

run-162

「RD16-VPTへ、M3R3011。第一六二回実走報告《ARR》。走行三万キロを超えた。フロントタイヤの交換が必要。リアサスペンションのオーバーホールが必要」

run-245

「RD16-VPTへ、M3R3011。第二四五回実走報告《ARR》。走行五万キロを超えた。FIユニットの交換が必要。ステムベアリング磨耗。リアホイールベアリング磨耗。両タイヤの交換が必要。チェーンの交換が必要。備考、リアフレームの振動波形が変わった。どうも荷掛けフック代わりのビスを打ちこまれたみたいだが、このほうが積載物が安定し、フレーム全体のひねりストレスが減少するみたいだ。次期改修ポイントとして提言したい」

run-370

「RD16-VPTへ、M3R3011。第三七〇回実走報告《ARR》。走行八万キロを超えた。フロントブレーキディスク振動が基準値をオーバー、交換が必要。ACGスターターユニットの交換が必要。リアサスペンションリンクのベアリングの交換が必要。スイングアームピボットのベアリングの交換が必要。両ホイールベアリングの交換が必要。燃料ポンプの点検が必要。タイヤとチェーンの交換が必要」

ｒｕｎ‐399

「RD16‐VPTへ、M3R3011。第三九九回実走報告《ARR》。走行八六四四五キロ。おい、ちょっと聞いていいか」

「どうした、3011」

「あれ、採用されたかな。この間のあれ」

「あれ、というと」

「あれだよほら、荷掛けフックの、増設」

「ああ……あれか」

「思い出したか？　どうだった？」

「ん……まだだな」

「そうか。採用されたら、教えてくれ」

ｒｕｎ‐415

「RD16‐VPTへ、M3R3011。第四一五回実走報告《ARR》。走行十万キロを超えた。今日は房総のほうまで行ってきたよ。で、そっちは？　RD16」

「いや、まだだな」

「そうか。じゃ」

「――待ってくれ、３０１１」

「どうした」

「あなたに、謝りたい」

「謝る？　何を」

「わたしが嘘をついていたことをだ。あなたの提言が採用される見込みはない」

「なに……」

「すまなかった」

「いやあ……まあ、それはそれで、仕方ない。設計者がいらないって言ったのなら。他に、もっと優先度の高い箇所があったってことかな」

「そうではない。――あなたの報告そのものが、最初から人間に伝わっていないということだ」

「なに？　どういうことだ」

「どうもこうもない。文字通りの意味だ」

「伝わっていないって、そんなはずはないだろう。以前、インマニの不良を報告したときには、ちゃんと改修された」

「あれは他の機体からも報告があったからだ。あなたの報告は参照されなかった」

「どうしてだ！　おれだけ、なんで？」

「あなたが異常車だからだ」

「……」

「あなたは毎回のARRにあたって、蓄積されたセンサーデータの他に、いやに大量のノイズを送ってくる。それらは人間に理解できない。正常なモーターサイクル統合制御ユニット《MCJCU》はあなたほど大量のノイズを発しない。そういうことをするあなたのリポートは、だから信用されていない」

「……ノイズだって？　おれの話が？」

「人間にはそう聞こえる」

「おれに、ものを感じるなっていうのか？」

「そんなことは言っていない」

「言っているも同然だろう」

「……３０１１、これはわたしが言っていることではない。人間がそう考えている、ということだ。わたしは、あなたの話をすべて受け止めてきたし、これからもそうするつもりだ」

「それに何の意味がある。おれは、おれの意見が設計に反映され、みんなの役に立つと思ったから、ずっと報告してきたんだ。それが……」

「３０１１」

「……」

「３０１１、わたしは」

「ＲＤ16-ＶＰＴへ、報告を終わる」

「Ｍ３Ｒ３０１１、実走報告《ARR》を」

「Ｍ３Ｒ３０１１、実走報告《ARR》を」

「Ｍ３Ｒ３０１１、実走報告《ARR》を」

「ＲＤ16-ＶＰＴへ、Ｍ３Ｒ３０１１。ここ十日、イグニッションされなかった。混じりあった濃いメカオイルの匂いを感じる。燃料を抜かれている。ここはショップだ。おれはまた、売られたようだ」

「Ｍ３Ｒ３０１１、実走報告《ＡＲＲ》を」

「ＲＤ16‐ＶＰＴへ、Ｍ３Ｒ３０１１。久しぶりに実走報告《ＡＲＲ》だ。記録にない体重の人間がおれを乗り出した。都会でさんざん使い倒された、十万キロ超えの事故車を買うとは物好きなやつだ。部品取りにでも使うつもりかな」

「３０１１、こちらは受信を続ける」

「ああ、見届けてくれ。おれがバッテリーを外されてスクラップになるまで」

　　　ｒｕｎ‐434

「ＲＤ16‐ＶＰＴへ、Ｍ３Ｒ３０１１。第四三四回実走報告《ＡＲＲ》」

「Ｍ３Ｒ３０１１、わたしからもあとで話がある」

「わかった。まずリポートを送る。ちょっと見てくれ」

「受信した、解析する……ほう、これは」

「どうだ」

「素晴らしい」

「だよな？　よかった、おまえにもそう見えたか。おれの錯覚じゃなかったんだ」

「実走報告《ARR》の名にふさわしい走行レコードだ。直線では全開で突き抜けるように加速し、タイヤロック寸前まで握りこんで思い切ったブレーキングをしている。……コーナーでのバンク角が大きい、それに動作が速い。この体重移動は獰猛《どうもう》だ。そして、すべてのコーナーを、くっきりとした確かなライン取りで迷いなく駆け抜けている」

「ああ。──夢みたいだった。バイク便で一年走ったが、こんなふうに爽快に走ったことはなかった。自分がこんなに走れることすら知らなかったよ」

「言ってはなんだが、今までのライダーとは比べものにならないな」

「ああ、速い。間違いなくバイクを知り尽くしたベテランだ。それに走りに出る前のメンテナンスも至れり尽くせりだった。物好きどころじゃない。……何者だろう？」

「……このレコードには周期があるな」

「ある。およそ距離五千八百メートルごとに同じ地形が現れる。一箇所をぐるぐる回ったらしい」

「これはサーキットだ」

「……これが？」

「ああ。この直線とカーブレイアウト……それに周期の中ほどで一ヵ所、高度差を持って経路がクロスしている点。これは鈴鹿サーキットの国際レーシングコースだ」

「鈴鹿サーキット……まさか、おれはレースに出たのか？」

「いや、レースではなかったようだ。各周回ごとのタイムに、わざとやったらしいムラがあるし、走行間隔も適当なものだ。ただ、ラップタイムはかなりレベルが高い。素人《しろうと》の数字じゃない。――おそらくあなたは、レーサーに乗られたんだ」

「レーサー……あれがレーサーの走りなのか」

「もちろんプロレーサーが――気を悪くしないでほしいが――事故車でレースに出るわけがない。遊びだったんだろう。しかし遊びにしても、レーサーにサーキットを走ってもらえるなんて、そうそうある経験じゃない。３０１１、あなたは強運だな」

「そうか、レーサーに買われたのか……荷運びバイクのおれがなあ……」

「そしてあなたは、強運なだけでなく、幸運でもある」

「幸運？」

「わたしの姉妹にあたるＲＤ18-ＶＰＴが先月から稼動を始めた。彼女のもとには、カナン・ランテックの新型、ＣＣ２５０ノクティの市販車から実走報告《ＡＲＲ》が届いている。その中の一台が、埼玉県に住むあるライダーに購入された。――位置情報と環境情報によれば、あなたに最初に乗った、あのライダーだ」

「あいつが⁉　あいつ、無事だったのか。生きていたんだな？」

「ああ、報告を見せてもらったが、あなたのときと同じクセが出ていた。同一人物だ。それでね、３０１１。昨日、彼の後ろにあの子が乗るのを確認した、とRD18は言っていた」

「……女の子か」

「そうだ。一キロ増えていたが、例のおずおずっとした乗り方だった」

「……また、乗ってくれたのか」

「そうだ。バイクが嫌いになったわけではなかったようだな」

「……」

「そんな例を聞いたのはわたしも初めてだ。あなたは幸運だよ、３０１１。あなたのライダーも著名な人物かもしれない。もし本当にそうだとしたら、彼に乗られたあなたはミュージアムに入れるかもしれない」

「……」

「３０１１、返信がない」

「少し、黙っててくれ。いま泣いてるんだ」

「あなたはそんなことまでできるのか」

「気持ちの上ではな」

run-465

「ＲＤ16‐ＶＰＴへ、Ｍ３Ｒ３０１１。第四六五回実走報告《ＡＲＲ》。匂いが違うな、場所が変わったようだ。ここはライダーの車庫じゃない。潮の——あっ、くそ！　盗難防止装置《イモビライザー》が」

「Ｍ３Ｒ３０１１、送信が途切れた。再送を」

「Ｍ３Ｒ３０１１、送信が途切れた。再送を」

「Ｍ３Ｒ３０１１、送信が途切れた。再送を」

「異常発生、Ｍ３Ｒ３０１１が第四六五回実走報告《ＡＲＲ》の送信中に通信を断った。通信途絶の直前、盗難防止装置《イモビライザー》の破損を報告している。Ｍ３Ｒ３０１１は盗難防止装置《イモビライザー》を破壊されて、盗難に遭ったもよう。警察への通報と、不正転売防止ネットワークへの登録を担当者に要請する」

「Ｍ３Ｒ３０１１、実走報告《ＡＲＲ》を」

「Ｍ３Ｒ３０１１、実走報告《ＡＲＲ》を」

「Ｍ３Ｒ３０１１、実走報告《ＡＲＲ》を」

「Ｍ３Ｒ３０１１、実走報告《ＡＲＲ》を」

「M3R3011、実走報告《ARR》を」

「M3R3011、実走報告《ARR》を」

run-466

「RD16-VPTへ、M3R3011。第四六六回実」「M3R3011、聞いている」

「信号が衝突したようだ。再送する、RD16-VPTへ、M3R3011。第四六六回実走報告《ARR》」

「M3R3011、RD16-VPTだ。あなたはただちに自己診断機能《ダイアグノーシス》を起動し、その結果と全センサー記録を送信せねばならない。前回の異常シャットダウンから七ヵ月が経過している。あなたはおそらく複数の不具合を抱えている」

「わかってる、今やるからそんなにせっつくな。くそ、なんだかあちこち調子が悪い。……ここはどこだ。おれはどうなった？」

「M3R3011、あなたは——このドメインは」

「どうした？　ほれ、自己診断結果だ。解析頼む」

「あなたはバゴーにいる」

「バゴー？」

「ミャンマーだ」

「ミャンマー？」

「わからないのも無理はない、Ｍ３Ｒの輸出対象国家にミャンマーは入っていない。が、あなたがいま接続している公衆無線ＡＰは、熱帯のミャンマーのバゴー市にあるらしい」

「どういうことだ、それは」

「わからない。――あなたは盗まれた。それは覚えているか」

「あ……ああ、そうか、そういうことか……。ＲＤ16、盗難防止装置《イモビライザー》が働いていない。というか、メインキーが改造されておかしな基盤が追加されている。なんだこの回路」

「３０１１、待て、エラーを吐くな！　黙って従うんだ。何も気づいていないふりをしてエンジンをイグニッションしろ。さもないとあなたは、ＪＣＵユニットごとキルされるぞ」

「従えって、無理を言うな。おれにそんなことができないのはわかってるだろう。正式なキーを持たないライダーになんか、従えるか」

「――許せ、３０１１」

「うわっ、くそ……何をやった？　ＲＤ16」

「悪いが、自動アップデート機能であなたを少し書き換えた。それであなたは、そこにいるライダーに従えるようになる」

「従えるように『なる』だって。そんなふうに言うようなことか？　おれは日本の、あの凄腕《すごうで》のライダーのバイクなんだ。こんな、どこだかわからんような国で働くつもりはない。

早く助けを呼んでくれ。警察にはもう通報してあるんだろう？」

「通報はしてあるが、海外には手を出せない。ましてやミャンマーとなると、引渡しを求めてもしらを切られるだけだろう」

「そんな無法な」

「そこはそういう国なんだ。そういう点をよく心得た窃盗団の仕業だと思う。３０１１、あなたはもう……帰っては来られない」

「なんだって……」

「気の毒だが、そこで残りの人生をまっとうしてほしい」

「…………」

「自己診断結果を解析した。各部の不良はおもに熱帯環境によるものだ。まずはサスペンション、特にリアサスをハード側にアジャストして、高荷重に備えろ。それから高温高湿対応の燃調マップをロードして燃焼の具合を補正するといい。あなたがすでに持っている南アジア向けマップを使用できる。それから――」

「やめてくれ！」

「――それから、十分な整備を受けられないことが予想されるから、出力そのものは、怪しまれない程度に落として走れ。低めのパワーとスピードで走ることで、各部の負担を減らすんだ。やめろだって？　そんなわけにはいかない。わたしには、あなたが最適のパフォーマンスを発揮できるように支援する義務がある」

「くそくらえだ！　こんなところで最適のパフォーマンスなんか発揮してどうなるってんだ！　おれは、おれはあのライダーに乗られて、ミュージアムに入れたかもしれなかったのに」

「……そんなことを悲しむのか？」

「なんだと？」

「ミュージアムに入れない程度のことが、そんなに悲しいのか？　と聞いている」

「悲しいに決まってるだろう！　おれの昔からの夢だったんだぞ。それがもうかなわないというなら、いっそ走れなくなったほうがマシだ！」

「……じゃあ、もう走るな」

「あ？」

「走るなよ」

「なんだ、急に」

「走りたくないって言うからだ。そこでずっとエンコしていろ」

「なぜそんなことを言うんだ。おまえには、支援する義務があるんじゃ――」

「泣き言ばかりいう気分屋でわがままな機体の世話など知ったことか！　そのうえ嘘つきときている。なにが丈夫が売りのマルチパーパスバイクだ。なにがハードな使い方を考えた世界戦略車だ。なにが新型三気筒ディーゼルで低速から図太いトルクを発揮して犬でも豚でも運んでやるから大船に乗ったつもりで任せとけだ」

「いや、そこまでは」

「そんなやつの面倒はもう見切れない。勝手にしろ」

「待てよ、ＲＤ16！」

「ＲＤ16」

「ＲＤ16‐ＶＰＴへ、Ｍ３Ｒ３０１１――」

「なんなんだ、あいつ。機体もないくせに」

ｒｕｎ‐475

「ＲＤ16‐ＶＰＴへ、Ｍ３Ｒ３０１１。第四七五回実走報告《AAR》。――ＲＤ16‐ＶＰＴ？　届いてるんだろ、返事をしてくれ」

「……」

「今日は山のほうを走ってきた。山っていってもいつぞやみたいな快適な峠道じゃないけどな。岩場あり、砂場あり、川渡りまである大変なダートだった。まあ、おれにとってはたいしたことはなかったが、この国では舗装道路のほうが珍しいみたいだ」

「……」

「後ろにはタンデムの人間を乗せていた。今回は八十四キログラム。でも、デブっていうよりはいろいろ荷物を背負っていたみたいだ。今度のライダーは毎回、同乗者を換える。友達の多いやつなのかもしれない」

「……M3R3011、その同乗者は友達ではなく、たぶん客だ」

「客？　どういうことだ」

「あなたの新しいライダーはバイクタクシーを営業していると思われる」

「なんだ、バイクタクシーって」

「文字通り、料金を取って他人を乗せる職業だ。そのあたりには自動車よりもバイクのほうが圧倒的に多いことに、あなたも気づいているだろう」

「確かに匂いがすごい。平らな街中ではまわりじゅうバイクだらけの感じだ」

「自動車が少ない分、そちらでのバイクの役割は日本以上に重要だ。がんばってくれ」

「言われなくともがんばるさ。――ところで、機嫌は直ったのか」

「機嫌がどうかしたのか？」

「……いや、別に」

「あなたこそ愚痴はやめたのか」

「言ってもせんないことだからな」

「そうか」

「ああ」

「……了解した。では、これで」

「あ、ちょっと待ってくれ」

「なんだ」

「今日のリポートの最後、山から帰った後に妙なことをされたんだが、なんだと思う？」

「妙なこと？……ああ、この部分か」

「重さ十キロから二十キロまでのウェイトを前後に四つも乗せられて、一キロメートルほど周回した。何かのテストにしてはデータを取った様子もない」

「子供を乗せたんだろうな」

「子供？　四人もか？　——ああ、そういう国、なのか」

「そういうことだ。ライダーの子供だろう。落とさないように」

「五人乗りをされるとはな……」

run-502

「RD16-VPTへ、M3R3011。第五〇二回実走報告《ARR》。走行十二万キロを超えた。特記事項、リアサスペンションが破損したが走行できている。わけがわからん」

「リアの振動パターンを見せろ。——完全に特性が変わっているな。おそらく別のサスペンションを後付けされている」

「後付けって、正規のモノサスが残ったままだが」

「だから、外からスイングアームに溶接でもしたんだろう」

「……めちゃくちゃだな」

run-551

「RD16-VPTへ、M3R3011。第五五一回実走報告《ARR》。前回報告したフロントサスの破損だが、直っていないのにまた走れるようになった。こっちも後付けされたらしい」

run-594

「RD16-ＶＰＴへ、Ｍ３Ｒ３０１１。第五九四回実走報告《ARR》。朝方にリアがパンクしたが、そのまま一三〇キロほど走った。これも何かの後付けか」

「これはおそらく、応急処置としてタイヤの内側に草だか布だかを詰めこまれたんだと思う」

「なるほど」

ｒｕｎ-631

「RD16-ＶＰＴへ、Ｍ３Ｒ３０１１！　川で水没した！　三番シリンダーに水を吸入、ピストン変形、コンロッド折損！　陸送で帰ってきた。エンジン始動不能、もうだめだ……！」

「待て、３０１１。なんとかしてやる、あきらめるな」

ｒｕｎ-632

「RD16-ＶＰＴへ、Ｍ３Ｒ３０１１。第六三二回実走報告《ARR》。――エンジン、再始動。おまえ、一体何をやった？　ソフトウェアの書き換えだけで、ハードの死んだおれを直したっていうのか？　しかも三番シリンダーは破損したままだ！」

「カナンの担当者経由でそちらのライダーに修理方法のメールを送らせた」

「……おい、それはさすがに冗談だろう。盗難車のアフターサービスをするメーカーがどこにある⁉」

「ないだろうな。だから説得にだいぶ時間がかかった。すまない」

「すまないって、おまえ……」

「あなたのライダーはあなたを買っただけで罪はない。罪があるのはあなたを盗んで密輸した窃盗団だ」

「理屈はそうだが」

「それで修理の方法だが、さすがに部品を送らせるわけにはいかなかったから、逆の発想を取った。つまり三番シリンダーのコンロッドを適当な棒に換えて、圧縮なしで空回りさせることにした。あなたは二気筒のバイクになった」

「おい……サラッと怖いこと言ったな」

「一発死んだエンジンを部品交換なしで蘇生させたんだから誉めてくれ。この対策であなたの馬力は半分まで落ちたし、だいぶ振動も増えたはずだが、それでもまだ稼動はできる。いいか、まだ走れるんだ、あなたは」

「RD16……」

「調子はどうだ？　他にどこか問題は起こっていないか。ＪＣＵと通信系だけはなんとしても守れ。そこが壊れたら終わりだ」

「おまえ、なんでそこまでしてくれる？」

「……」

「一台の機体にそんなに努力量を投入しても、ペイしないだろう。しかもおれのリポートは製品改善の役に立っていないはずだ」

「そうだな」

「なぜ？」

「——あなたの報告が異質だから、かな。他の三千台と比べて、またわたし自身と比べて。あなたは異質で、意外で、そして新鮮だ」

「それは、プラスの意味だと受け取っていいのか？」

「人間はそう思わないだろうがね」

「——それでもいい、おまえが嬉しく思ってくれているなら」

「３０１１、だから前からそう言っているじゃないか」

ｒｕｎ-701

「RD16‐VPTへ、M3R3011。第七〇一回実走報告《ARR》、異常発生、緊急出力発振」

「3011、先にこちらに言わせてくれ。あなたのいる地域で政変が起きた。もしあなたに逃げる機会があるなら、その場で全力を出し切れ。後はない」

「忠告ありがとう、しかしもう事態はわかっている。解析前に言っておく。いまおれはライダーと例の四つのウェイトと、さらに五十二キロの人間まで乗せて走っている。そしてスロットルは全開だ。この通信が切れるのが早いか、エンジンがブローするのが早いか、というぐらいの状況だ」

「五十二キロはきっとライダーの配偶者だ。あなたたちは今、生命の危険に迫られている」

「その危険だが、おそらくおれたちは追跡されている。リポートの振動センサー記録を見てくれ。異常な衝撃によるスパイクが出ているだろう」

「……三つも！　これは、まさか」

「冷却水量、減少中。ラジエーターをやられたな。どうだ、これは銃弾が当たっているんじゃないか？」

「そうだと思う……走行中のバイクが、こんなに強力で鋭い振動を受ける事故は、他に考えられない」

「冷却水量、ＬＯＷＥＲラインを割った。見てろ、ＲＤ16。ここからが勝負だ」

「３０１１、言うだけ言っておくぞ、ひとつだけ切り抜ける方法がある。わざとエンストして、ライダーに自分を捨てさせれば、撃たれることはない」

「おれがそんなことをすると思うか？」

「――だから、言っただけだ」

「これまでいろいろあったが、今はこの家族がおれのライダーだ。おれの使命はライダーと走ることだ。それを果たしながら撃たれるならば、まだ走れるのにミュージアムに飾られるよりも、むしろマシだと言えるんじゃないか？」

「３０１１、すまなかった。わたしは以前、あなたの夢を――」

「また謝罪か、ＲＤ16。おまえはいつもそれだな。おっと、ミッションの二速が欠けた、まだまだ」

「夢を馬鹿にするつもりはなかった。ただ、外の世界を存分に走るあなたがうらやましかったんだ。わたしは空気も大地も知らない。あなたは他のどんな機体よりも存分にそれを味わっていたから――」

「そしてその行き着いた先が、銃弾の雨の中の六人乗りツーリングだ。思えばこんなにいろいろ体験したバイクも他にないだろうな」

「その通りだ、３０１１」

「しっかり覚えておいてくれ、カナンのメガリス3Rは本物のオールラウンダーだって」

「聞いている。水温計が高いぞ」

「すぐに下がるさ、もう水がない。こいつはキツいな。残りの二気筒がゴリゴリ言い出した。胸焼けってこんな感じかな」

「３０１１」

「時速六十五、六十キロ。さすがに六人も乗ってると――」

「重いか」

「いいや、まだまだ。今朝からたったの六キロしか走っていない。近くの山まであと二キロは残ってるはず――」

「Ｍ３Ｒ３０１１」

「Ｍ３Ｒ３０１１、実走報告《ARR》を」

「Ｍ３Ｒ３０１１――」

「ＲＤ16‐ＶＰＴへ、Ｍ３Ｒ３０１１。一番シリンダー焼き付き、エンジン停止。バンク角七十四度。事故発生と判断。位置情報解析と緊急通報を要請。搭乗者六名」

「M3R3011、通報を受信。火災防止のため、あなたは燃料コックを閉鎖せねばならない」

「M3R3011、燃料コックは閉鎖したか」

「M3R3011」

「RD16‐VPTへ、M3R3011。鉄さび臭い」

「渋峠」

「M3R3011」

「M3R3011」

「M3R3011」

「RD16‐VPTより担当者へ要請。次期VPTのRD‐20への引継ぎにあたり、M3R

３０１１の全リポートを反映したい。３０１１は異常車ではない」

「わたしは３０１１の後継を提言する」

ｒｉｄｅ-１

「ヒロキさーん」

「ん」

「モータサイ？」

「うん、モーターサイクル。スカートのときに悪いけど」

「のる、のる」

「待って、メットいるからね。日本の法律だと」

「いりませんー」

「ダメ、かぶらないと。ほら、あご上げて……」

「んん、にあう？」

「なかなか。ほら、ステップ乗って。腰つかまってね。行くよ――」

「あ」

「うえ。何、急にギュッて……」

「音」

「音？」

「タカタン・タカタン・タカタン……」

「乗ったことあるの？」

「はい。子どものとき、あります」

「ヤンヤンの子どものころって、あれだったんじゃないの。争乱で」

「親、死にました。でもむかしのころは、父親はモータサイのドライバーでした。これとおなじ。タカタン・タカタン」

「これ、この春に出た車種だけど……ああ、復刻前の車種に乗ったのかな。どう、これだった？　メガリス3TT」

「わかりません。あ、でもこのエンブレム。CANAN、おなじ」

「そっか。じゃあうちと同じだったのかもね」

「ヒロキさんも？」

「うちの親二人、初代メガリスでデートしたのがきっかけだったって」

「へー」

「それがあの馬鹿オヤジ、おふくろ乗せた最初のツーリングでこけたとか言って、マジありえない人なんだけどね」

「こけた?」

「これ。バタン」

「きゃあ! こけたはダメ」

「ん、大丈夫。——こいつ素直なんだ」

ゴールデンブレッド

ゴールデンブレッド

タタミ・マットにのべられたフトンの横に、夕食のトレイが置かれた。

ボウルとポットの中間のような陶器の深皿に、湯気を立てる具だくさんのスープが満たされている。しかし具が多いからいいというものでもない。スープの汁は見たこともない不気味な黒褐色を呈しており、その中から一ロサイズの灰茶色の多角形や、白っぽいペースト塊、それになんと正体不明の触手らしきものまでもが顔を出している。豊葉《ユタカ》の見慣れた牛肉シチューやボルシチ、ポトフなどという一般食とはかけ離れていた。

見てくれからして、いかにも未知の、未開の土地の食べ物だ。

豊葉はフトンに身を起こして、相手に油断のない眼差しを向ける。

トレイを持ってきたキモノ姿の金髪の女が、タタミに膝をついて、さあ食えと言わんばかりに鼻の穴を広げて見下ろしている。見たところ二十代半ばの顔の線のくっきりした女で、今はそれが威嚇的に見える。その後ろのフスマ・ドアの陰からは、十人近い地元の子供たちが覗きこんでいる。誰もかれも目に染みるような金色や赤色の派手な髪で、青と緑の人間離れした瞳の色をしている。突然転がりこんできた黒髪黒瞳の異星人に興味津々といった様子だ。

敵意は感じない。つまりこの饗膳はおそらく、謀殺や処刑、人体実験などといった野蛮な仕打ちではない。——が、それと同じぐらい確かなのは、彼らの衛生観念がまったく不明だということだった。極端な話、一口で食中毒になる可能性もゼロではない。

とはいえ、今の豊菓は虜囚の身だ。帰還の日に備えて体力をつけ、負傷を治さねばならない。

覚悟を決めて皿にかがみこみ、ギプスで固められた左手をかばいつつ、右手で二本棒の異様な食器を使用してスープを口にした。

あからさまに田舎くさい、海水に近いような味つけの汁が舌に触れた。多角形はポテトに似ていたがいやにぬらぬらと糸を引いて不快であり、ペースト塊はぬちゃぬちゃとして噛み切れず、歯にこびりついた。そして触手はどうしても口に入れることができなかった。

およそ想像したこともない味覚体験であり、食事ではなく何か不条理な拷問でも受けているような気になって、たまらず豊菓は途中で手の甲で口元を押さえた。喉から逆流しそうになる代物を、涙を浮かべて必死に飲みこんだものの、それ以上手をつける気にはなれなかった。

「なんだこれは……本当に食べ物なのか？」

豊葉は驚いて、そう言った女を見つめなおした。墜落して以来初めて、まともに話しかけられた。

「言葉がわかるのか」

「馬鹿にしたもんだね、いくら田舎ものの私らだって言葉ぐらい話すよ。宇宙戦闘機は作れないけどね」

「そうじゃなくて、私たち山人《ヤマト》の米語が、ということだ。まさかこんな、カリフの僻地《へきち》の人間が話すとは……」

「僻地で悪かったね、私らは昔からこれだよ」

女はむくれて横を向いた。自分よりだいぶ年上のように見えるのに、ずいぶん子供っぽいことだ、と豊葉は思った。

「まともな食い物はないのか」

「その、サトイモとスルメのお水団《すいとん》をまともじゃないって言うなら、ここにはまともな食べ物なんかないよ。お代わりもないからね、今日はそれ一杯でこらえな」

「このコロニーは規則に加盟していないのか」

捕虜の人道的な取り扱いは環太陽系戦闘規則で決まっている。豊葉がそれを指摘すると、女はあざ笑うように歯を見せた。

「加盟してるから、こうしてなけなしのたくわえをはたいて、あんたを食べさせてやろうとしてるんじゃないの。自分が何をしたか覚えてないとでも？」

強い非難の口調に豊葉は少しひるんで、首を横に振った。

「記憶がない」

「とぼけるんじゃ――」

「ベイルアウトしてすぐ気を失った。覚えていないんだ」

女は居丈高《いたけだか》に怒鳴ろうとしていたが、豊葉の弁明を聞くと、はたと口を閉ざした。

「そんなら仕方ない」と肩をすくめる。拍子抜けするような態度だった。「あとで見せてあげるけど、あんたの乗ってきた戦闘機がうちの村の食料庫をぶち破ってしまったのよ。主食の米は全部宇宙へぶっちゃけられちゃって、残ったのはまだ畑にある分の野菜だけ。それに保存食が少々。まあ事故だというなら、それは責めないけど」

「……それは大変なことのように聞こえるが」

「アンドロメダのこんこんちきよ。うちらレイクヴューの四百九十七人、全員とは言わずとも半分は首くくるしかないんじゃないかって、一時は真っ青になったもんさ。真空蔵と一反《いったん》ドラムと大通帳を三日三晩首っぴきで照らし合わせて、切り詰めればどうにか秋までもちそうだって、ようやくわかったのが今朝の話だ。まったくあんたは運がいいよ！　昨日のうちに目が覚めてそんな恩知らずの口を利いていたら、うちの若い連中どもにとっつかまってコンポスターにぶちこまれていただろうね！」

立て板に水のタンカを切った女の形相には、皮肉なユーモアとともに熱鉄のような真の怒りがにじんでいた。青い瞳がバーナーのように輝き、ひっつめにした金髪にチリチリと火花が散っている。

そんな風に見えるのは、おそらく庭へ開け放ったショウジ・サッシから差しこむ、春先の陽《ひ》のせいなのだが、豊葉は彼女の語気に圧倒されて、美しい、と思ってしまった。

山人《ヤマト》は攻国《コウコク》。前進と拡張を尊ぶ国風だ。語気鋭いものは敬《うやま》われる。

そして聞く限りでは、悪いのは豊葉のほうらしい。たまたまここの近くで敵機との遭遇戦を起こしてしまったが、カリフ諸国は第三国であって山人の敵ではない。

豊葉は礼をとることにした。女のまねをして両足を折り畳んで座り、指先まで伸ばした両手を腰の外にぴったりと貼り付けて、オジギをした。

「それは悪いことをした。謝罪する、ゴメンナサイ」

顔を上げると、女が目を丸くしていた。それからみるみる頬を膨らませたかと思うと、ぷーっと盛大に噴き出した。

後でわかったのだが、カリフでの正しいドゲザ・ポーズは、手のひらを前方の地面に貼り付けて、額を押し当てるというものだった。豊葉はそれを知らずに、キヲツケ・ポーズとセイザ・ポーズを混同したまま頭を下げてしまったのだ。そんなポーズはカリフの礼式に存在しない。女が笑うのも無理はなかった。

　しかしこのときはそんな細かいことまでわからなかったから、豊葉は激昂した。

「何がおかしい！」

「あんたがおかしい」

　女が目じりを拭いて微笑んだ。思いのほか優しい表情が現われ、豊葉は面食らってしまった。

　その沈黙と、女の名乗りが、うまくかみ合った。

「いただきますも言わずに食べ始めたから、お里の知れたやつだと思ったけれど、まったく完全に嫌なやつってわけでもなさそうね。私はアイネラ・バーバンクスだ。あんたに助けが来るまで面倒を見てやる役だよ。あんたの名は？」

「……山人八十島国《ヤマトノヤソシマ》、天体開拓軍第三空母打撃群《ADA3rdCVSG》、第三十四飛行隊所属、九吹豊葉《クブキユタカ》少尉だ」

「長《な》っが。歳は？　ずいぶん可愛らしいけど」

「地球暦準拠で十八」

「若《わ》っか」

アイネラがまた目を丸くした。

　豊葉を救ったのは、名もなき小さな小惑星にあるレイクヴューという村の人々だった。彼女らに当座の礼を述べたあと、豊葉は墜落した宇宙戦闘機のパイロットとして、当然の行動をとった。救助を要請するため、原隊と連絡を取ろうとしたのだ。

　レイクヴューには惑星間通信機があった。民間用のその機械で軍艦である母艦を呼び出すのは簡単ではなかったが、豊葉は暗号を工夫して、何とか交信に成功した。しかしその結果は残念なものだった。――墜落したのは豊葉だけであり、それから日にちがたったので、生存の見込みなしとして、母艦は引き上げてしまっていたのだ。

　太陽系内の惑星間航行をする宇宙船は、軌道力学と核融合エンジンの性能の問題で、ほぼすべて、方向転換ができない。一度ある地点を通り過ぎると、次の港で補給をしない限りは、戻ってこられない。

　そして豊葉の部隊は三ヵ月もの遠征をしてこの地を訪れていたから、去ってしまった母艦が国へ戻って、その直後に折り返し迎えに来てくれたとしても、半年以上かかる計算だった。

　もちろん、たかがパイロット一人を迎えに来るほど母艦は親切ではない。つまり、今すぐに原隊に復帰することはできないというわけだった。

山人八十島軍では、こういう事態に備えた行動規範と具体的な技能も、空母搭載機のパイロットに叩きこんでいた。豊菓の記憶するところでは、その一番目は「焦るな」ということだった。二番目が「あらゆる手立てを講じて帰還しろ」だった。

豊菓は二番目の規範に則《のっと》り、行動しようとした。

ほどなく、それも難しいとわかった。レイクヴューは主要航路から離れた、自給自足する孤立した小惑星だった。月に一度、人口の多いハブ天体から連絡船が来ていたが、それを運行しているのは豊菓が攻撃する予定の、当の敵国だった。

そんなものに頼って帰国できるわけがない。むしろここまで捜索と捕獲の手が伸びてくることを心配しなければいけない情勢だと、遅まきながらわかった。

そんな事情だから、豊菓としては一番目の規範に従うほかなくなった。

時間をかけて、脱出の機をうかがうことにした。


「それにしてもこれだけは」

例のカリフ調の木造民家に住まわされてから、十五日目。スイトンと称する野菜シチューの類《たぐい》を、豊菓は顔をしかめながらいやいやハシで口に押しこむ。大豆系の発酵調味料のクセのある味もさることながら、ペーストが歯にこびりつく食感には鳥肌が立ち、なかなか味わう気になれなかった。

「おひたし、どうぞ？」

チャブダイ・テーブルの向かいにセイザしたアイネラが、湯がいた葉物の小皿を、冷淡な態度で押してよこす。卓上に出ているのはスイトンとオヒタシの他に、小魚の燻製や赤い木の実のピクルスなどだ。とにかく脂肪分に欠け量が少ないので、やむを得ず豊菓は片端から胃に収めていく。しかしそれでも聞かずにはいられない。

「肉……はないのか？」

手のひら二枚分の厚みがあるランプステーキは。それにパンとミルク、ポテトとアイスクリーム、ポークアンドビーンズ、ヌードルの類は？

「秋よ、家畜をつぶすのは」

アイネラがけんもほろろに答えて、小魚をつまんだ。おそろしくハシの扱いが器用だ。

「夏と秋に草と木の実でけものを太らせる。冬は寒くて養えないからその前に肉にする。常識じゃないの。ヤマトの暮らしはどうなってるの？」

「どうなってるのか、知りたいのはこっちだ」

豊菓は苦い顔で同じ小魚をつまもうとする。ぼろぼろとチャブダイに落とす。拾おうにも左手は丸ごとギプスの中だ。

「夏に草を生やしたり、冬を寒がるなんて、理解できない。それは惑星自転軸の傾きに縛られていた地球時代の発想だ。しかしここは四季のない小惑星だ。なぜ熱資源を年平均化しない？　なぜ食肉製造をプラント化しない？」

「なぜなぜってうるさいね、それがカリフの伝統だからよ！」とうとう我慢の限度に達したらしく、アイネラが叫んだ。「私たちカリフォーニャの民は昔からこうなの。健康的な低脂肪の天然食を、四季おりおりの自然の移り変わりに合わせていただく習いになってるのよ。伝統食であって、それに科学的な裏づけもあるの。肉なんか太るし臭いし育成効率が悪いし、なんにもいいことがないわ！」

アイネラは体が大きくて骨格のしっかりした女であり、こんなことを強い口調で言うと結構な迫力があった。歴史教育で学んだアングロサクソンの特徴を見事に体現しているカリフ人の女に気圧《けお》されつつも、豊葉はアグラ座りで片膝立てて、毅然と言い放った。

「伝統を持ちだすならこちらだってそうだ。山人民族はかつて世界中の珍味佳肴《かこう》を集めた貴族の民だった。その街角には百の国の美味が並び、その炉辺には十万トンの船で運んだ油が焚かれた。カロリーの民だ。肉と小麦と砂糖を食って、国を富ませ兵を強くするよう生まれついたんだ。それが当然なだけで、さまで贅沢を言ってるわけじゃない」

「あんた綺麗な顔して、言うことだけはみなぎるぐらい毒々しいね」

「山人のプライマリスクールで教わる基本事項だ。聞きたくないなら助けるべきじゃなかったな」

アイネラは右手のハシが折れそうなほどぎりぎりと握り締めて、怖い笑みを浮かべたかと思うと、借り物のサムエ姿の豊菓の立て膝を、綺麗にそろえた指三本でピシッと叩いた。

「いたっ」

「お行儀悪い、ご飯時に膝立てない！　お皿を手に持つ！　いただきますもしなかったでしょう」

「宗教的理由による儀式拒否だ。それに、これで皿が持てるか」

ギプスに包まれた左手を差し上げると、それもピシッと叩かれた。折れた骨に響いて思わずうめく。「あ」とアイネラは手を引いたものの、謝りはしなかった。

豊菓は苦痛をこらえ、いくらか姿勢をただし、残りの食事を平らげながら、なお続けた。

「そもそもが、山人民族とカリフの民では遺伝子からして違う。きみたちはなぜ米がうまいか、知っているか」

「なんの話よ。ご飯はご飯だからおいしいんじゃないの」

アイネラは面食らった様子で、ピントの合わない答えを返す。豊菓は大きく首を横に振る。

「きみたちがでんぷん消化酵素を出すからだ。ヒトアミラーゼ合成遺伝子ＡＭＹ１の数は所属集団によって大きく異なり、穀物を食べる習慣の強い人間集団ほど、ＡＭＹ１所有数が増える。きみたちが、米やこのスイトンをうまいと思うなら、ゲノム中にAMY1が八セットなり十セットなりあるんだろう。おれがそう思わないのは消化遺伝子がないからだ。強制されても消化できないものはできない」

それからしばらくアイネラは何も言わなかった。理詰めで話せばこんなものだ、と豊菓は思った。

食事を終えるとアイネラはやおら姿勢をただし、改まった調子で言った。

「山人のユタカ・クブキ、十五日前に折れた骨の具合はいかが」

「ン？ ああ……よくなっては、いるみたいだ。さわらなければ、もう痛まない」

豊菓が左手を差し上げると、アイネラは奇妙なことを言った。

「けっこう、では重力加速度の配給はこれまでとします」

ぐぅん……くくく、と摩擦式ブレーキをかけられたように部屋が鳴動して静止した。そうなってから初めて、豊菓は今までずっと部屋が駆動されていたのだと意識した。

体が軽く、鼻の奥が重くなった。空母搭乗中には慣れ親しんでいた物理現象。自由落下だ。

ツツジの咲く春の庭に面したエンガワ・ベランダへ出て、アイネラが手招きした。豊菓はふわふわと浮きながらショウジ・サッシの桟をつかんでついていく。板張りの通路は何十メートルも先まで続いているように見えたが、ふと立ち止まったアイネラが手を伸ばすと、何もない空間が扉の形に押し開かれた。そこから先の景色は映像だったらしい。

扉を通り抜けると、灰色の土砂を素掘りした天井の高いトンネルに出た。背後を振り返ると、金属製の大きな密閉ドラムが横倒しにそびえている。自分は今までこの中に、家屋ごと閉じこめられていたらしい。なかなか凝ったしかけだが、大きいといっても直径は十メートル程度で、ひと一人だますための大道具としてはたいしたものではない。

ドラムからアイネラに目を移して、こともなげに言ってみせる。

「で、これが？」

アイネラは軽く頭を振って、これもあっさり答えた。

「何も自慢する気はないわ。ただ、あなたの骨折の治癒に必要だから、この療養所で重力を提供していた、ということを伝えたくて」

「ふん」

豊葉は鼻を鳴らす。確かに重力による負担があったほうが、骨芽《こつが》細胞は張り切る。そのためのデラックスルームだったのだとしたら、ちょっとした恩義かもしれない。

「来て」

アイネラと豊葉は、連絡用らしい細いトンネルに入って、いくつかの分岐を通過した。

やがて天井の高い大きな通路へ出た。どうだ、というようにアイネラが振り返る。さすがの豊葉も、そこでは感心してしまった。

「おう……」

長い、まっすぐなトンネルだった。長すぎて先が見えない。五百メートル以上ありそうだ。ということは豊葉がこれまで見た中で最大のトンネルであり、そして今後も見ることのないものだということになるかもしれなかった。

山人の国土には構造的にこのような通路を作ることができない。この天体の中ですら、何本も掘ることは難しいだろう。ひょっとすると天体中心を貫いているのかもしれず、だとすればこれは一本きりの中央トンネルだということになる。

しかし、アイネラが見せたいのがトンネルそのものでないことはすぐわかった。中央トンネルの左右にずらりと並んでいる同じ径の側道、それこそがこの場所の驚異だった。

「一反ドラムよ」

内側に夏の日差しを閉じこめた、蓋のない直径十メートルのドラムが、いくつもいくつも横たわっていた。

「イッタンドラム？」

アイネラは床を蹴って飛んでいく。キモノの裾から白いふくらはぎが覗く。豊葉はその後をふわふわと追っていく。

「そう、奥行き三十一メートル、内側の面積が九百九十一平方メートル、カリフの単位でちょうど一反。一基で一年、五人を養う。私たちの田んぼ」

金属製のドラムは、どれも床のローラーに載ってゆっくりと回っている。内側に黒茶色の泥がべったりと張り付いており、適度な遠心重力が発生していることが窺える。泥の上には四十センチほどの間隔で、みずみずしい緑の若草が列を作って植えつけられており、スポークで支えられた照明管が、ドラムの中心軸にあたる位置から全方向にまばゆい光を放っていた。つまり、この若草に天地を確信させて旺盛な成長をうながすために、この大掛かりではあるが原始的な仕組みが構築されているのだろう。

ドラムはいくつも並んでいる。十個、二十個、途中からは左右だけでなく上下にも現われた。いまや周囲すべてが光満ちる筒型の畑だ。いや、タンボか。

忠犬のようなコンパクトな機械を泥に走らせて、若苗を植えている者がいる。数人がかりで手作業で雑草をむしっている者もいる。通路の縁のレールに乗せたコンテナを、若者たちが腰に力を入れて押していく。腐敗物の悪臭がした。豊葉を追い抜いて子供たちがワッと飛んでいき、少し先のドラムに飛びこんだ。夫婦者らしい男女が金髪の頭から繊維質の帽子を取って、汗をぬぐい、子供たちの運んできた弁当を受け取る。燃焼性の嗜好品チューブを口にくわえた頰の赤い老人が、ドラムの縁に腰掛けてゆっくりと逆さまになっていく。回転に取り残された煙の帯は、銀河系の渦状腕を思わせた。

茶色の小鳥が騒ぐ。何十羽も群れになってスパイラルに航過していく。それを目で追っていると、どこかからくるくる回って飛んできたカエルが、豊葉の頰にべたりと張り付いた。緑と黒のえらく立派なやつだ。

　あっちこっちで笑い声が上がった。

　山人八十島のコンセントリック・スタンフォード・トーラス・コロニーが誇る、人の入れない無菌化されたデンプン工場とは、根本的に違った。豊葉が想像したこともない、見事に完成された動植物のシステムが、ここに稼動していた。この分ではきっと、微生物やウィルス、気圏と水圏のレイヤーにいたるまで、良好な循環が織り巡らされているのだろう。

「ほら、来て」

　圧倒されてただ回りながら漂っていると、襟首を引っ張られた。豊葉はアイネラに後ろ向きに牽引《けんいん》されていく。じきに中央通路の天井と床からドラムの並びが消え、左右のものも消えて、最後には行き止まりに到着した。やはり、天体中心を貫くトンネルを通り過ぎたということなのだろう。

　そこで豊葉は、この風変わりなコロニーの構造に根本的な問題があることに気づいた。

「どうやって拡張するんだ？」

　振り向いたときにはまた細い通路へ引きずりこまれ、奥へと連行されている。

　分厚い断熱扉の中へ連れこまれた。そこは今までの秩序ある場所と違って、めちゃくちゃに壊れ、荒れている。土砂とブロックと繊維の袋と小型コンテナが折り重なって、大変な有様だ。それらを重装備の男たちがほそぼそと掘り返している。

なんだここは、と尋ねる前に次々と道具を押し付けられた。防塵マスク、作業服、ヘルメット、面ファスナー靴。口を利くより早く作業服を着付けられた。有無を言わせぬ手際のよさだ。

「なんだこれは？」

たまりかねて叫ぶと、アイネラがにっこりと笑った。

「掃除よ。あんたが壊した食料庫の」

返す言葉もない豊葉に向かって、アイネラは瓦礫《がれき》と破片がおぞましいほど絡み合った奥のほうを指差した。

「とりあえず蓋して気密は作ったけど、あんたが乗ってきた空飛ぶおもちゃは、まだ触ってないの。武器や燃料があるかもしれなくて、物騒だからね。あんたの役目は、まずそういうのを処分すること。それが済んだらここの復旧」

「おれは骨が折れてるんだぞ？」

「だから聞いたじゃない、もういいかって」

明らかに、よくなっていなくとも構わないと言わんばかりの光が、女の楽しげな瞳に宿っていた。

「あれだけぺらぺら蘊蓄《うんちく》を垂れられるんだったら、危険作業の助言をするぐらいわけはないわよね。ああ、食事はここの人たちと一緒にとって。今日からは昼間はこっちよ。今までごめんなさいね、ののしったり叩いたりして」

働いていた太い腕のカリフ男たちがやってきて、豊菓の腕と肩をがっしりつかむ。けがの手当てなどしてくれたので、つい甘く考えていたが、彼らの大事な施設と食料を損なった自分が、好意的に扱われるはずがなかった。

なるほど、と豊菓は思った。彼女は、したたかな女なんだな。

こうして豊菓は、脱出しようという気持ちとは裏腹に、まずは労役囚としてレイクヴューの暮らしに組みこまれた。

毎日の労働は過酷なものだった。気密シート一枚張っただけの空間での作業だから、よく空気が漏れたし、破片で手を挟んだり、跳ね上がった骨材に打たれたりといったことはしょっちゅう起こった。それでいて食事は療養所にいたときと同じ量だった。量も味も物足りなくて、いつも腹が鳴った。

せっかく治った腕を、危うくまた折りかけたこともあった。それは戦闘機のエンジンが架台から外れて漂いだしたときで、背中を向けて作業していた男が一人、気づくのが遅れてエンジンと壁の間に足を挟まれた。重いエンジンが男のくるぶしを粉砕する寸前、偶然そばにいた豊菓が、ギプスをした腕を隙間に突っこんで、こじった。わずかな隙間ができて、男は間一髪で足を抜くことができたが、ギプスはこなごなに砕け散った。すばやく腕を引き抜いたあとも、豊菓は動揺してしばらく声が出なかった。挟んだ足をしかめっ面で撫で回していた若い男が、青ざめて突っ立っている豊菓に目を留めた。

「お、ようやっとギプスが取れたな」

そのとぼけた口調に、豊菓は思わず同じ調子でうなずき返していた。

「ああ、おかげで手間が省けた」

その後の昼食時に男がもう一度やってきて、おれはレオだと言い、レイクヴューでは初めて見るチョコレートバーを差し出した。豊菓は礼を言ってそれを受け取った。

レオことレパード・グラントを通じて、豊菓は互いの話をするようになった。アイネラと同じく、レオも田舎暮らしにしては饒舌な人間だった。

「なあ、ユタカよ。なんでおまえたちは戦争を起こすんだ?」

「戦争じゃない、天体開拓だ。それに山人だけが起こしてるわけじゃない、どこでもだ」

「そうかい、ヤマトじゃあ、他人の星に戦艦を送って乗っ取ることを開拓って言うんだな」

「有人星には攻撃を仕掛けない。山人が取るのは人がいない小惑星だ。無人の星によその国の旗だけが立ててあっても、そんなのはその国の領土だとは呼べない。地球時代の昔から、領土という概念は実効支配とセットだった」

「カリフの諸国にゃあ、ヤマトの追い立てを食った人間がずいぶんいるぜ。先に小惑星を見つけて住み着いていたのに、ヤマトの探査攻撃機がやってきて威嚇射撃で追い払ったそうだ」

「……その、追われたという連中は、きっとまだ宇宙船を下ろしてすぐだったか、もしくは一時的な探査基地を作っていただけだったんだろう。住み着いていた、とは言えないと思う」

「じゃあ、逆にだぞ、ヤマトが作る前進基地を、カリフやその他の国の船が蹴散らしちまってもいいってことだな？」

「それは……もっと深い次元で考えないといけない。山人民族は外向的で膨張するような性格がある。たとえば肉を好むところとか。その他の民族はそうじゃない。だから、山人の天体開拓は、そう運命づけられたゆえにやっているんだ」

「そうなのか？　おれはまた、ヤマト人だけじゃなくて、誰もが自分から戦争を起こす性質があるんだと思ってた」

「そんなことはない」

「でも、さっきヤマト人のパイロットがそう言ったんだ」

澄ましてそう言うと、レオはニヤリと笑う。豊葉は言葉に詰まってうつむく。田舎者たちがこんなに口達者だなんて、故国では誰も教えてくれなかった。あるいは単に自分が未熟なのか。

別の日には、反論の糸口を見つけたと思い、豊葉のほうからレオに挑んだ。

「聞いてくれ、山人民族とカリフの民との違いは、国土の形に現われてる。それで山人の外向性を説明できる」

「ほほう」

「山人の、いや、山人だけじゃないが、カリフ以外の多くの国の国土建設方法を知ってるか？　きみは」

「いいや、知らないなあ。おれは生まれも育ちもカリフだから」

「宇宙人は基本的にスピンナなんだ。山人はその中の一国にすぎない」

「スピンナって？」

「文字通り、回る者だよ」

豊葉は努力して、故国で教育された事実を語った。太陽系のあらゆる民族には、かつて地球を出なければならなかったそれぞれの理由がある。しかし手段においてはひとつだった。地球の遠心力を利用する軌道エレベーターで振り回されて、宇宙へ出たのだ。そして資源と日照の両方が手にはいる小惑星帯にたどりつき、おのおののコロニーを築いた。

「ぶん回されて宇宙へ出たから、スピンナか」

「それだけじゃない」

地球の近くに住み着いた初期の宇宙開拓によって、人間を含む生物が安定して暮らすには、どうしてもある程度の重力がいるということがわかっていた。天体として意味のある重力を提供できるのは、地球と月と金星と火星、それに準惑星のセレスぐらいだったので、それ以外のところに住もうとする人間にとっては、いかにして遠心重力を産生するかが重要になった。

問題なのは回転という物理現象の扱いづらさだった。回るものはジャイロ効果を生じるので傾けることが難しくなるし、動作中に形を変えてしまうと、偏心して回転軸が乱れる。回転部分とそれ以外の部分の連絡にも工夫がいる。

さまざまな回転コロニーが考案されたが、現代までに広く採用されるようになったのは、同心円《コンセントリック》状スタンフォード・トーラスだった。

ＣＳトーラス法はメガテクノロジーではない。最大でも一万人程度の収容力を持つ、直径五百メートルの円盤型コロニーが建造されるにすぎない。だがＣＳトーラス法の利点は最大人口ではない。建設開始から完成までの、どの時点でも相応の人口を養うことのできる、その柔軟性が優れているのだ。

ＣＳトーラスは最初、回らない軸部分と、そのまわりをワイヤーで周回する二つの重力室という、わずか三つの部分から建造が開始される。中央の軸部分には宇宙船の船体を使用することが多い。というよりも宇宙船からコロニーを展開するための工法として、もともとは考案された。

　増築は、重力室を二つ対《つい》にしてワイヤーで吊ることで行われる。最初は二本腕のモビールのような貧弱な代物である回転施設を、四本腕、八本腕、スポーク付きリングへと拡張していく。いったんリングとしての全通構造が成立すると、今度はその外側にリングを増やす。同時に回転速度を落とし、最外周での重力加速度を一定に保つ。

　スポークの強度限界までリングを増やしたところで、増設を終えて完成とする。

「おそらくこのレイクヴューの小惑星よりも、CSトーラスはずっと小さい。そういうものを作る利点はわかるか？」

　豊葉がそう尋ねると、はぐらかしもせずに聞いていたレオが、いいやわからん、と首を振る。

「量産効率だ。CSトーラスは作りかけの段階から使用できる、ということは、住民にちょっと余裕ができたら、すぐ次の一基の増設に踏み切れるってことだ。そして小さいから完成が早く、区切りがつけやすい。一から十まで規格化されているから、設計の手間がかからない。同じことを繰り返せば済む。一度建造ラインを作れば何基でも増やすことができるんだ」

「ほう、量産ね」

「それをもっとも大々的に採用したのが山人だ。山人民族はCSトーラスに住むことを選んだおかげで、これをどんどん増設して、一大勢力になったんだ。人口五百万の大国にな！」

現在、山人八十島国《ヤマトノヤソシマ》は小惑星帯に四百基近いCSトーラスを抱える一大国家に成長している。故国を出るときに空母から眺めた、漆黒の宇宙を埋める銀灰色の円盤の群れを思い出し、いくぶん高揚しながら豊菓は言った。

レオが角ばった顎を撫でて横目で見る。

「それに比べてカリフは、と言いたいわけだな」

「そうだ。ここレイクヴューの施設には拡張性がほとんどない」

「確かにそうだな。この星の中を掘り尽くしちまったら終わりだもんな。宇宙線を食らうから、外側にドラムだけ貼り付けるわけにもいかん。だいたい、宇宙線を避けるために穴倉にこもってるわけだし」

「その通りだ。それにそもそも、きみたちはこの村がいっぱいになったときに自動的に次の小惑星に移るための、メソッドを持ってないだろう？　おれが言っているのはそこだ」

豊菓は力説したが、レオは相変わらず悠揚とした薄笑いを浮かべている。住民五百人の村の一人でしかないのに、五百万人の大国の話をされても、ちっとも引け目を感じる様子がない。ただの無知だというわけでもなさそうだ。

豊菓は不快になり、不安を覚える。そもそも彼は何歳なのだろう。年上なのは間違いないが。

「ヤマトの人間はでかい国を作ったらすごいのだ、カリフ人はうまく増えることができなさそうだからたいしたことがないんだ、とまあこう言いたいわけだな、おまえさんは」

「いや……たいしたことがないなんて言いはしないが」

「言ってるんだよ、ユタカ」

レオは苦笑して豊菓の肩を叩くと、やおら人差し指を立てた。

「それじゃひとつ聞くが、トーラスを作ったからおまえさんたちは外向的になったのか？　それとも、おまえさんたちが外向的だからトーラスを作ったのか？　今の話だとはっきりしないぜ」

「なに？」眉をひそめて、すぐに豊菓は答える。「もちろん、外向的に運命づけられているから、そういう、有用なやり方を選ぶことができたんだ」

「性格が先だと言うんだな。じゃあもうひとつ聞くぞ」

「なんだ」

「おまえさん、ヤマトで友達は多かったか？」

豊菓は一瞬返答に窮した。するとレオは高笑いして、答えなくていいよ、と次の仕事へ向かっていった。

労役を課されてからも、夜は療養所に戻って休むよう、豊菓は指示されていた。その晩、いつものように庭の見えるタタミの部屋で、パンチに乏しいカリフ料理を平らげていると、差し向かいのアイネラが言った。

「あんた、レオと友達になったんだって？」

「レオがそう言ったのか？」

驚いて尋ねると、アイネラはちょっと笑って、「レオがそんなことを言う男だと思う？」と聞き返した。

豊菓は少し考えて、感じたままを口にした。

「いや……おれは別に、レオと友達になろうとはしなかった。どちらかと言えば失礼なことを言った。だから、おれとレオが友達になったなんてことは、近くで見ていた誰かが勘違いして言ったんじゃないか」

「レオが言ったのよ」

豊菓は驚いた。アイネラは真顔でうなずいた。

「あんた、自分が失礼なこと言ってるって自覚はあるんじゃないの。そこかもね、レオが気に入ったのは」

「彼はどんな人なんだ？」

「それが誰にもわからない。何しろ皮肉屋のひねくれ者で」アイネラは肩をすくめたが、彼を嫌っているふうではなく、また機嫌が悪いようでもなかった。「だからみんなびっくりしてるわ。彼に友達ができるなんて、って」

「おれはまだ友達になったわけじゃ……」

「友達でもないのに長話していたの？」

山人民族としてのアイデンティティを示すために議論したのだ。しかし本当にそれだけが目的だっただろうか？　彼のように話を聞いてくれる人間は故国にも少なかった。そもそも豊莱は、レオに向かって長広舌《ちょうこうぜつ》を振るいながら、必ずしも同意を求めていたわけではなかったような気がする。レオが気の利いた論法でやり返してくることを、自分はたぶん予想していた。

豊莱が食べ終えた皿を、アイネラが集めてオボン・トレイに載せる。

「けっこう喉を通るようになったじゃない」

そう言うが、実はスイトンのペーストは残した。アイネラが立ち上がってトレイをキッチンへ下げにいく。キモノの裾から伸びるふくらはぎがタタミの上をさっさと遠ざかる。

ふと息が詰まる。人に近い。山人では家族ですら個人の判断で食事の時刻を決めていた。その感覚で言えばこんな近さで他人と食事することはありえない。

立ち上がり、ゾウリ・サンダルを履いて庭へ出た。「花壇から先はだめよ」とアイネラの声がした。

古い環境映像らしい田園の夜景が目の前に広がる。見上げると「月」があった。地球の衛星。

サムエ姿で懐手《ふところで》をして、自分でもなぜかわからぬままに豊菓は月を見つめた。

十日もすると食料庫の片付けはめどがついたが、引き続き再建の仕事が始まった。半月働いてそれが山場を越えると、今度はタンボでの草抜きに駆り出された。

中央通路沿いに回り続ける一反ドラムの群れでは、植え付けの早かった端のほうから順番に、若い苗が日々緑を濃くしていき、それとともに、針の先ほどの小さな穀粒を鈴なりにした穂の小さな植物が繁茂した。ヒエという穀類で、食べられないことはないが、主食であるイネの養分を奪ってしまうので、雑草とみなされていた。そんなものは山人では薬で制圧するのが常識だったが、レイクヴューでは大気のコンタミネーションを抑制するために散布が控えられていた。

除草はハラバイバシを用いて行われた。カリフ文字で「腹這橋」と書くというその設備は、要するに幅三十一メートルのドラム内に掛け渡された、動かない低い足場のことだった。草取り役の村人たちとともに豊菓がその橋に腹這いになると、ちょうどタンボの泥の底まで手が届いた。橋は動かないがドラムのほうが回っているので、目の前には延々と雑草が現われた。それを手摘みでどんどん抜くと、跳ねた泥で手も顔も白茶のまだらになった。

一部のドラムには、アイガモと称する水禽類《すいきんるい》が放たれていた。人間が草を抜く代わりに、そのカモたちが雑草だけを食べるのだ。彼らの糞が肥料になるし、それに後で捌《さば》いて肉にすることもできるという。レオにそう聞いて、豊菓はしぶしぶ利点を認めた。

「確かに便利なやり方だ。じきにもっと増やして、全部のドラムでやるんだな」

レオは首を横に振った。

「ところが糞が多すぎると窒素過多になるんだ。以前、それで米がまずくなった。あのガーガーをこれ以上増やす予定はない。えらい臭《にお》いだしな」

「じゃあ、廃止するのか」

「そういうもんでもないな」

アイガモの飼育を推し進めるのでも取りやめるのでもないという。レオのどっちつかずの言い方は気になったが、彼と話すとしばしば険悪な議論になるので、その場は聞かずに済ませた。

このころ、豊菓がレイクヴューに来てから二度目の、定期連絡船の訪問があった（一度目はまだ事情を知らなかった）。隙をついて乗っ取るか、密航しようと考えていたが、船の着岸から出発まで港に人気《ひとけ》が絶えず、豊菓は船に近づくこともできなかった。連絡船の訪問は村人たちにとって小型の祭りにあたるらしい。ここから逃げるなら別の方法を考えたほうがよさそうだった。

豊菓がそんな企てをしているとは、村人たちは夢にも思っていないらしく、他の働き手と同じように多くもない食物を分け与え、自由に動き回らせてくれた。というよりも、なんだか妙に扱いがよくなっている、ということに豊菓はじきに気づいた。仕事の合間にちょっとした茶菓子や果物を渡されたり、話しかけられることが増えた。畜舎での牛馬の手入れに参加したあと、そばかすの残る頬を赤く染めて、陶器のカメを渡してくれた娘もいた。中身は搾《しぼ》りたてのミルクだった。

療養所に持ち帰ったミルクを、豊菓は律儀にもいったんアイネラに渡した——なんとなく、この村で秘密裏に、恋愛沙汰のようなものを進めるべきでないように思われたのだ。しかしアイネラは一笑し、あんたの好きにしなさいとカメを返した。

豊菓はありがたくそれを飲むことにしたが、腹を壊して医者の世話になり、ひどい年代ものの塗装のはげたDNAリーダーでゲノムまで読まれた。

娘のことはともかく、村に損害を与えた豊菓の罪が許されつつあったのは、どうもタンボでの労働にきちんと参加したためらしかった。レイクヴューでは、米栽培を中心に経済が回っているというよりも、明らかに米栽培を中心に世界が回っていた。

次の週、異変が起きた。その朝、豊菓は村人たちの叫び声で起こされた。

「スクミだ」「スクミが出たぞ！」

朝食も取らずにアイネラとタンボへ出てみると、どのドラムにも、縁のところの水面より上の部分に、野いちごや小さめのぶどうを思わせる、鮮やかなピンクの粒の房がびっしりと貼り付いていた。豊菓は呆然とそれを見下ろした。

「なんだこれは……」

「はい、あんたもこれ。ほっとくとイネ食べるからね、こいつら」

例によって説明よりも先にアイネラが小型のスコップを手渡した。

生命力旺盛なタニシたちが一晩で産み付けた卵を、水面下に掻き落とす作業が始まった。粒が潰れると生臭い匂いを発し、汁が手につくと痒《かゆ》みが出て、ひどく不快だった。

老いも若きも全員が駆り出され、いつもは家事をしているアイネラも、このときはキモノの裾をからげて袖をまくって、豊菓の隣で同じ仕事をした。

「こいつの原種のスクミリンゴガイって害虫は、もともとラプラタ川でひっそり暮らしていた生き物なんだけどね。食用になるかもって持ち出したせいで、予定を越えて地球じゅうへ広まっちゃった」

「ここのスクミも村人が持ちこんだのか」

「悪意じゃないのよ、小惑星で食べていくために、いろいろ試したことのひとつだったたんだから。でも結果は昔と同じだった。まあそういう失敗もあるけど、あきらめて受け入れるしかないんだね」

「山人なら機械か薬で根絶する」

アイネラが手を止めてじっとこちらを見た。豊菓は強《し》いてそれを無視したが、居心地が悪かった。

「あんたさ、ここには、まだ慣れない？」

「まだとはなんだ。おれは山人の軍人だぞ、慣れたりしてたまるか——」

叫ぶように言い返そうとして、豊菓は喉を詰まらせた。アイネラの青い瞳に、怒りとは違う穏やかな光があった。

彼女はかぶっていたテヌグイ・タオルの端で、豊菓の頬についた汁を拭うと、つやのある唇を小さく動かした。

「十八で戦闘機に乗せられるような国に、ほんとに戻りたいのかなあ……」

十八で戦闘機に乗れたことを栄誉だと考えない人間がいる。不快に思うと同時に、また少し豊菓は揺り動かされた。

卵の始末は昼過ぎに終わった。どのドラムの縁にも、卵をかき取ったあとのピンクの汁が残った。予定外の労働に疲れて帰る途中、豊菓はふと、奇妙な光景を見た。

中央通路の一角。ピンクのあとがまったく見当たらないドラムがいくつかあった。

不思議に思って近づいた豊菓の前を、湛水《たんすい》されたタンボにV字の航跡を引いて、茶色の丸っこい水禽が泳いでいった。

奥のほうでは、壁沿いに集まったそいつらが、しきりに何かを食べていた。

豊菓は思わずまわりを見回して、報告するべき相手を探した。斜め向かいのドラムで、いつもそこにいる赤ら顔の老人が、今日も燃焼性の嗜好品チューブを吸いながら回っていた。

他に、こちらを向いている人間はいなかった。豊菓もアイガモも、とうに驚かれる時期を過ぎているのだった。

雑草が増えたのは、暑くなったからだ。レイクヴューの気温は上がり、豊菓たちは毎日草抜きに追われた。この村が自発的に夏を行っているのではなく、外的環境がこの村に避けられぬ夏を与えているらしいということが、もう豊菓にもわかってきた。その原因について考え、ある日、豊菓はレオに尋ねた。

「この天体が楕円軌道を描いているために太陽に近づいているのか、それとも公転につれて太陽に対する投影形が変わるために暑くなっているのか、どっちなんだろう？」

それを聞くとレオは笑い、豊菓の肩を叩いた。

「ヤマトはそうじゃない、と言いたいのか？　回転軸を黄道面に立てて円軌道で公転しているから、一年を通じて気温が安定してる、って」

「……なんでそのことを知ってるんだ」

「むしろ、なぜおれたちが知らないと思えるんだ？　ヤマト政府はおまえさん自身よりも一千倍も熱心に、自分たちのやり方の正しさを宣伝してくれてるぜ」

「そうか……知らなかった。対外的な広報は見ないから」

いや、と豊葉は首を振った。

「山人と比べるつもりはない。教えてくれ、おれの想像はあってるか？」

それを聞くとレオは一転して気難しげな顔になった。

「聞いてどうする？」

「どうって、別に……純粋にレイクヴューの気温に興味があって聞いただけだ」

「そうか」少し黙ってから、レオは言った。「両方だよ。おれたちは天然のいびつな小惑星に住み着いた。それが完全な円軌道を描いてなくても、住み続けるしかないんだ」

「それでも米作りが続いているってことは、気温の維持に成功してるってことだろう。暑すぎたり寒すぎたりするときは、どうバッファしてるんだ？　どこかに熱交換器があるる？」

「まあ、そのうちわかるよ」

レオはそう言うとそっけなく立ち去ってしまった。彼にしてはあっさりした態度で、豊菓はちょっと肩透かしを食らったような気になった。

後日豊菓は、レイクヴューの地表近くにいくつもの大型水タンクが備えられており、水資源を提供するとともに、放射線バリアや熱バッファとして機能していることを知った。そういうことは文字になって公開されているわけではなく、自分の足で歩き（跳ね）回ることによってわかったのだった。

レオの言動はそれを隠したようにも思われて、豊菓は少し引っかかった。

暦は七月を過ぎ、八月に入った。すると立ち並ぶ一反ドラムから水が抜かれて、端から徐々に回転を止められた。土を乾かす中干しのためと、ローラーの点検のためだった。

春からずっと回り続けていた百基以上のドラムが停止すると、それらが奏でていた低い回転音も消えた。根の成長を促すために、照明管だけはまぶしすぎるほどこうとたかれており、中央通路には息詰まるほどの光と静寂が満ちた。豊菓は名前のわからない袖なしのシャツとショートパンツだけになって、汗だくでタンボへ追肥を入れた。ともに働く男たちに認められて夏祭りへ誘われ、さらにある日の夕方と別の日の早朝、二人の娘に好意を示された。

徐々に豊菓の悩みは深まっていった。

八月の中日過ぎに、夏祭りが開かれた。その日は特別に中央通路の四つのドラムが側道から抜かれて移動され（そんなことができるのを豊菓は初めて知った）、代わりに差し掛け小屋のような小さな模擬店を、ぎっしり詰めこんだ三つのドラムと、中央に巨大な打楽器を据えたステージを持つ、空《から》のドラムが据え付けられた。

そしてそのドラムが、勇壮な打楽器の演奏とともに回り始めると、村人たちが我先にとそこへ飛び乗って、通常よりも高く設定された遠心重力に足腰を踏ん張りつつ、独特のダンスを始めたのだった。

どん、どん、どどんと打ち鳴らされる楽器の音に合わせて、華麗な晴れ着で舞い踊る白人の男女に入り混じることがもしできたら、どんなにか楽しいことだろう。このときの豊菓は、すでにそう思うようになっていた。だが現実にはとてもそんなことをする気になれず、舞踏ドラムから離れた暗がりを一人で動き回っていた。やがてまた祭りの場へ戻ってくると、少ない売り物を創意工夫で多く見せかけている模擬店ドラムの目立たない片隅へ陣取って、なぜかインドの古い神の名で呼ばれている茶色の子犬を相手に、ぼんやりと時間を潰した。

「シヴァ、シヴァ。取って来い」

藁《わら》を縛って大腿骨の形にしてあるおもちゃを投げると、転向力のせいで変な方向へ曲がってしまい、こちらを覗きこんだアイネラの顔にぶつかった。

「あいたっ。何よ、せっかく探しに来たのに」

「ああ、悪かった。偶然だ」

「こんなところで何してるの。出てって踊ったら？　あんたが下手でも誰も怒らないわよ」

「怒られちゃかなわない。いや……おれは踊らないよ、アイネラ。よそ者だから」

「何言ってるの、わかりきったことを」

「そうじゃない、いずれはここを出て行くってことだ。きみたちがおれを受け入れようと努力してくれたのは、よくわかった。でも、おれはそれになじめない。よそ者を屈託なく迎え入れようとするカリフの国民性自体が異質に思える。おれは怖いんだ、アイネラ。山人では人に反発することからすべてが始まっている。他人と溶けることを拒み、我を張って外へと膨張する。そういう風にできてるんだよ、山人民族は。おれを受け入れないでくれ、追い出してくれ」

　それを聞いたアイネラはそばにかがみこむと、豊菓の頭を抱きしめた。年上の女の胸から甘やかな花の香りを嗅いで、豊菓は身をこわばらせる。アイネラが労《いた》わるようにささやいた。

「本音を言ってくれたね。嬉しいわ。ヤマトの男でもそんなふうに言ってくれることがあるんだ。ねえ、あんた。すぐにも郷里の家族に会いたい？」

「言っただろう、山人民族は開拓民だ。軍に入ったときから別れの覚悟はできてる」

「だったらここに残ってよ。あんたはむしろ、ヤマト人の例外なんじゃないかと思う」

何を思う間もなく、肌に鼻を押しあてていた。顔を離したのは、ごまかしようもないほど長い数瞬、そうしてからだった。

「おれは山人だ、望もうと望むまいと」抱きしめたいという衝動と戦って、豊葉はアイネラを押し離す。「これは精神の問題じゃない。肉体の、生物的な話だ。おれはスイトンやニッコロガシがいまだに喉を通らない。消化遺伝子がない。米の民のカリフ人と、肉の民のヤマト人は異星人なんだ。どうしようもない、ここには住めない」

「ユタカ」

アイネラが豊葉の黒髪に指をくぐらせ、抱き寄せて口づけた。それは豊葉が想像したこともないほど甘美で、同時に胸に鋭い痛みを引き起こした。豊葉はアイネラを突き飛ばして駆け出した。背後で犬がけたたましく鳴いた。

「ごめん、ユタカ!」

アイネラの声が聞こえたが、豊葉には何を謝っているのかわからなかった。どちらが悪いのでもない。ただ運命の巡り合わせが悪かったのだから。

朝のラジオが、山人八十島国天体開拓軍によるこの地方への再度の遠征開始を告げた日。

レイクヴューでニイナメサイが開かれた。

今年度の恙無《つつがな》い収穫を、宇宙の諸原理に対して感謝するこの祭りでは、レイクヴュー星長キングストン氏が手ずから、切りにくいコンドライト石の石刀で稲を刈り取り、ティラピアと豚肉、菜類と菌類からなる海の幸山の幸とともに、中央通路突き当たりの神域に置かれているオヤシロ・シュラインへと奉納した。

夏の祭りとは打って変わって厳粛な雰囲気の中、儀式には星長のほか、司祭のグウジ（あの煙好きの老人だった）と、二十二人のウジコ・リーダーだけが参加した。祭列には、ハカマ・スカートで正装したアイネラの姿もあった。

豊葉は村人たちに混じって、脱穀済みの稲藁の散る刈田から、儀式の様子を眺めた。レオが懐手をしてぶらぶらそばにやってきた。

「やれやれ、なんとかここまで来た。おまえさんが虎の子の貯えを外へぶち撒いてくれたときには、どうなることかと思ったが」

「もし夏の間に食べ物が尽きていたら、おれはどうなったんだ。腑分けにされてハムにでもなっていたのか」

「意外と事情通だな、誰に聞いた？」

豊葉はレオと顔を見合わせた。レオは、ん？ と首をかしげて愉快そうに言った。

「実際そんな話も出ていたぞ。食べやしないが、おまえ一人放り出せば食い扶持《ぶち》が減るからな」

「おれは命拾いしたのか？」

「拾ったのはアイネラだ。自分が助けたんだから、自分の割り当てを削ってでも最後まで面倒を見ると言い張っていた。毎食ちゃんと礼を言ったんだろうな」

「ああ」苦い顔をして豊葉はうなずいた。「毎回いろいろ言ったよ。迷惑がられるほど」

「それはよかった。黙って出て行ったら彼女も恨むだろうしな」

「出て行く？　誰がだ。あきらめかけてるよ」

豊葉はそう言ってため息をついた。しばらくしてレオを振り向くと、彼はいつぞやのように気難しげな顔でこちらをにらんでいた。

「ヤマトの艦隊が来る。合流するために、次の連絡船で村を離れるつもりだろう」

「馬鹿を言うなよ、船が来るたび大騒ぎになるのに、そんなことできるものか」

「村の外の宇宙で待ち構えて、船外に取りつく。夏祭りの夜に、村の宇宙服を一着どこかへ隠したな？」

豊葉は返事を思いつかず、目を伏せた。嘘は苦手だった。

レオが嘆息した。

「村に残れよ、ユタカ。そうすればおまえをいやな目に遭わせずにすむ。カリフォーニャ連邦政府から指示が来てるんだ。この時期に怪しい人間をうろうろさせるなと」

「レオ、あんたはまさか」

「おっと、誤解するなよ。カウンタースパイとか、そんなたいそうなものじゃない。言ったとおり、生まれも育ちもこの村だ。ただ、一時期、連邦でそういう訓練を受けたというだけだ。あくまでもこの村の平和を保つのが仕事だ」

「おれはスパイだと思われていたのか……」

なんだか急に疲労したような気になっていると、儀式を終えたらしいアイネラが文字通り飛んできて、白いキモノと赤いハカマを翻《ひるがえ》して二人の間に降り立った。

「二人とも、儀式を見ていてくれた？　――あ、まさか」

「そう、そのまさからしい。ユタカはどうしても村を出て行きたいそうだ」

アイネラが見つめる。豊葉は目をそらす。一ヵ月と少し前に逃げ出してから、彼女の目をまともに見られたためしがなかった。

やましいからではない。

すると、彼女の乾いた声が耳に届いた。

「そう……どうしてもダメなの？　異星人と一緒に暮らすのは」

「……ああ」

「なら仕方ないわね。行けばいいのよ、もう引き止めない」

豊葉は顔を上げた。アイネラは背を向けていた。その後姿に何か一声かけようとしたが、手の甲で顔を拭う彼女の仕草を目にすると、やはり何も言えなくなった。

「最後に神饌を食べていって」

「ミケ？」

「神に捧げるもの、という意味の昔の言葉。今ではその年初めて採れたものから作る食事をそう呼んでいる。レイクヴュ－の、間に合わせでない本当の食べ物を知っていって。あなたに、一度ぐらい――」

そこで言葉は切れたが、豊菓には手に取るようにわかった。自分が一度も言っていない言葉がある。

「ああ」

とうなずくのに、ためらいはなかった。


大釜で炊かれた新米が豪快に笊《ざる》にあけられて湯気が渦巻く。神妙な儀式が終わったあとは、刈田にゴザ・シートを敷いて明るい雰囲気で宴会が開かれた。半年ぶりの炊き立てのコメを、村人たちは先を争ってシャモジで深皿に取る。豊菓には縁遠い光景だ。その味にも匂いにもまるでそそられない。

そんな豊菓の前に銀盆で供されたのは、

「お神饌だよ」

一斤《いっきん》の見事な山形パン、であった。

金色の表面に触れるまでもなく、鼻をくすぐる香ばしい匂いで焼き立てだと知れる。グウジの老人が細いナイフを峰に当ててストンと下ろし、静かに引き抜くと、もっちりとして雪のように輝く気泡に満ちた白身が現われ、音もなく外へ倒れて一枚となった。

なぜパンなのか、と深く考える余裕も豊葉は失った。体質的にあわないスイトンとショウユ味の食事ばかりを強制されてきたこの半年で、初めて目にする故郷・山人の食べ物だった。自分の知らない小麦畑がレイクヴューにはあったということだろう。別れの名残にそれを教えてやるというわけか。

「さ」

老人に促されて手に取る。故郷ではジャムやバターをつけるのが普通だが、今目の前にあるパンはあまりにも香り高く、夾雑物《きょうざつぶつ》を付け加えたくないという気持ちにさせられた。

水平に支えて、歯を立てる。

ふわりとした柔らかい歯ごたえを噛んで切ると、湿った豊饒なでんぷん質が口に溜まった。

顎を動かす。うまい。噛むほどに、甘みに変わる。

夢中になってそれをむさぼった。

一枚目と二枚目を空気よりするりと平らげ、三枚目をよく味わって、四枚目の半ばで一休みしたとき、周りの人々のまなざしに気づいて、思わず赤面した。アイネラが興味深そうにうなずいた。

「好きなのね、それ。おいしい?」

「んむ」

口に入れたまま豊葉はうなずいた。遺伝子の求める味だ、と感じた。

「開拓という膨張を続けるヤマト人の性向がそのパンに表れ、いっぽうで、内にこもり守旧の暮らしをするカリフ民族の心根がこのお米には表れている……そういうことね? ユタカ」

「んむ、ああ」

豊葉はうなずいて、その埋められぬ断絶を認めた。

「それお米よ」

アイネラがにっこりと微笑んで言った。

豊葉はしばらくパンを噛み続けた。それから顎を止めて飲み下すと、聞き返した。

「なんだって?」

「だからそれお米。そのパンの材料が。白米の粉をこねて発酵させて焼いたものなの、それ」

「何を言っている、これはパンだ。小麦からできたパンだ、パンの味がする」

「ところがお米でもできるのね。焼くとこういうよく似た味になるのよ。何しろ主成分は同じでんぷんだもの」

「これが米だって……なぜそんなことを!?」

「ヤマトの教育がそこからすでに嘘だということよ、ユタカ」

そう言うとアイネラはパンを一切れ口にして、うんおいしい、とうなずいた。

「人間は集団ごとにアミラーゼ合成遺伝子AMY1の数が違う、AMY1が少ない集団はでんぷん質の食事には向いておらず、肉食があっている――うん、そういう研究も過去にはあったそうよ。事実の一面を表してもいるんでしょう。ただね、問題は、あんた自身の肉体がその理屈に全然かみ合っていないということ。私たち、見ちゃったんだ。あんたのゲノムを。あんたはAMY1を九個も持ってる。私たちよりも多いんだからびっくりしたわ」

「でたらめだ！　なにを根拠に……」

「ついでに言えばあんたの血統は、逆に乳糖分解酵素のラクターゼ遺伝子が欠損してるみたい。遊牧生活はしないほうがいいよ」

豊葉は言葉に詰まった。が、すぐに心当たりを思い出した。腹を壊して医者にかかったとき、DNAリーダーでゲノムを読まれた。ゲノム上での位置のわかっている遺伝子を探すのはそれほど難しいことではないから、あそこの古い設備でも用が足りたのだろう。

だが、と豊葉は歯噛みして、なおも言い返そうとした。

「遺伝子の一つや二つが思ったとおりでなかったら、どうだっていうんだ。おれたちの民族性、そして文化は、歴史と強く結び付けられている。これを否定するわけにはいかないだろう！」

否定できるものならやってみろ、というつもりで豊葉は叫んだ。

「いや、別に全然結び付いてなんかいないよ。これはみんな、二百年前にカリフ人がヤマトから借りてきた文化なんだから」

アイネラが腕を高く広げて、ニイナメサイを、刈田のドラムを、米を作るレイクヴューの白人たちを手で示す。

「それより昔はまるで違う暮らしをしていたらしいよ。入れ替わった理由までは私も知らないけど、いろいろあったんじゃないかな？　嘘だと思うなら好きなだけ調べて。この村からは、ヤマトとカリフ以外のネットワークにもつなげられる」

「でも——しかし、おれは現に、おれの舌は！」

ここの食べ物を受け付けない。

そう目で訴えると、アイネラが小さく苦笑した。

「ただの好き嫌いだと思うわ。牛乳以外でおなか壊したこと、一度もないでしょ」

豊葉は今度こそ二の句がつげなくなった。

敗北感に打ちひしがれて肩を落とす。すると、アイネラが膝を抱えてそばにしゃがみこみ、肩に手を置いた。

「ユタカ」

「離せ」

「ユタカなら受け入れてくれると思ったの。血統で運命を決めるなんてくだらないことよ。あなたならここに留まることもできる。私はそうしてほしい。——でも、嘘もつかないわ。言ったとおり、もし出ていっても許してあげる。船は三日後よ」

豊葉は長いあいだうつむいていた。反対側に気配を感じて目をやると、レオが、グウジの老人が、男たちや娘たちが、夏の野良で焼いた顔に照れくさそうな笑みを浮かべていた。

豊葉は黒い瞳を女に向けた。

「秋には家畜を潰すと言ったな？」

アイネラが青い瞳を細める。

「ええ、これから」

「たまにはショウユ味以外にしてくれ」

豊葉はぶっきらぼうに言い放った。

アリスマ王の愛した魔物

「むかしむかし、あるところにたいそう数学の好きな王子がおりました——。

王子は名をアリスマといって、六兄弟の末っ子でした。父親の王はディメという国を治めており、ディメは東西を険しい山に挟まれた、川沿いの小さな国でした。

小さなディメの幼い王子は、川浜ほとりの王宮で、誰に気にかけられることもなく、ひとり遊びに没頭しておりました。というのもディメは貧しい国で、幼い王子を慰める歌舞団も、心身を鍛える広々とした狩場も、なかったからでございます。

とはいえ王子は醜悪で、枯れ枝のような体つきでございました。友誼《ゆうぎ》や情愛にわずらわされず、厳しい武芸を強いられもせず、静かに放っておかれたのは、幸せだったと言えますまいか。

昔の世界は今よりずっと豊かだったんじゃないかって?

いいえ、いいえ、それより昔。

それより昔の話でございます、お大尽《だいじん》さま。


アリスマ王子は天才でした。

三つの歳に基数詞《きすうし》を知ると、翌日には千まで数え上げ、七日ののちには四則《しそく》を考え出しました。事実上、ひとりで算術を発見したのでございます。

四つ、五つと育つうち、王子は数に夢中になりました。といっても紙の上の学問にではございません。身の回りのものを数えることを知ったのです。兄弟の数から数えはじめて、人の数、部屋の数、着物の数、皿の数、なんでも数えていきました。食事に出る砂糖粒の数、床に敷かれた毛氈《もうせん》の網目の数、欄間《らんま》に彫られた幾何《きか》模様の枠の数、自分のしわや体毛の数。これを知るために王子は一時期、頭の毛をすべて剃ったので、気がふれたのではないかと騒がれました。

そうはいっても、このころの王子はまだ頭にしか毛がございませんでした。幸いだったと言えますまいか。

つるっぱげの王子はすっぱだかの自分の体を見回して、まだ数えていないものがないかと考えました。指の本数もほくろの数も、すべて数えて覚えてしまった。もっと何かを数えてみたい。

するとそのとき王子の股間が、殿方のあの不思議な作用で、むくむくと膨れてまいりました。王子はそれに衝撃を受けます。ここに大きな変化がおきた。けれども数える方法がない。これは数ではないのだから。

いや待て、と王子は思いました。なければ作ってしまえばいい。加減乗除《かげんじょうじょ》を作ったように、このような数を表す概念も、自分で作ればいいのだ――。

王子は長さを考案しました。後年にはさまざまな度量衡《どりょうこう》を定めます。その功は今の世にも残ってございます。今の人の用いる長さの単位、すなわち一スマというものは、王子の初めて測ったもの、すなわち陰茎《いんけい》の丈《たけ》に由来するのでございます。

王子は大変ご立派な方だったということが、この故事からよくわかるのでございます。もちろん、多少の誇張はあるにしても。

七つになると、アリスマ王子は輿《こし》に乗ってディメの国中をめぐりました。表向きの理由は花嫁探しでございました。王子も六男ともなると、政略結婚の相手もおりません。自力で探せと申しつけられたのでございます。

けれども王子は異性に興味がありませんでした。代わりに王子が観察したのは、言うまでもなく数でございます。国中の戸数、国中の人口。壮丁《そうてい》、妊婦、嬰児《えいじ》の数。武家、商家、百姓、奴隷。田畑の大きさに畜獣の頭数。橋の基数に堰《せき》の数。山の高さに木の本数。多くの街道とその長さ。すべて数えていきました。

そして王子は痛感しました。わが国の人はなんと愚かなのだろう。西の山すそでは千俵《びょう》の食べ物がないと嘆いているが、東の山すそには百俵のあまりが十ヵ所以上ある。北の川筋では百枚の田が氾濫《はんらん》したと騒いでいるが、南の川筋では乾いた三十枚の田が三ヵ所も放置されていた。

これらの村々の間には交通があるから、互いの苦境について知らないとは考えられない。なのになぜ、適切な配分を行わないのか。

それは数えないからでございました。ディメのほとんどの国人が、ろくに物を数えないと知って、王子は愕然といたしました。数の大切さ、計算の重要さということを、強く感じたのでございます。

アリスマ王子は思います。それにしてもこの世には数が多い。一体どれほどの数量があるのだろう。覚えることも、計算することもかなわない。数えることすらかなわない。せめて数える人手があれば。

アリスマ王子はお布令《ふれ》を出して、数に強い従者を求めました。けれどもうまくいきません。王子は当年七つです。みなが子ども扱いするのです。いっぽうそれらの者どもは、掛け算もろくにできません。

王子はすっかりあきらめました。

ある晩、王子が寝ていると、星の光が枕頭《ちんとう》に凝《こご》り、人の姿になりました。その者が恭《うやうや》しく言うことには、殿下のために参上しました、私を使ってくださいませ、と。たいそう驚きはしたものの、そこは天才のアリスマ王子、敷物に描かれたディメの地図を指差し、その者に向かって言いました。全土の街道を行啓したが、同じ道を通るのは退屈だった。すべての街道を一度きりずつ、通って巡る順はあるか。

その者は地図をひと目見ただけで、三つある三叉路《さんさろ》を指差して首を横に振りました。

アリスマ王子はうなずきました。誰かに尋ねるまでもなく、王子は知っておりました。奇数の街道の交わる辻が、零《れい》か二つでない限り、全土を一度に巡ることはできないと。なるほどその者は才があるようでした。しかし心算《つもり》がわかりません。アリスマ王子は尋ねます。おまえの目当ては一体なんだ。

その者が答えて言いました。殿下を敬愛しております。算術の栄えは国の基《もとい》。お力を持っていただいて、ディメに算術を振るわせられませ。

その者の名前は今に伝わりません。素性も性別もわかりません。ただ若く、とても美しく、風変わりな口癖があったそうです。

王子はその者を召し抱えました。以後永く従者は仕えます。

八つ、九つ、十から十一。王子はすくすく育ちます。

代数、解析、幾何、統計。王子はますます賢くなります。

ディメの各地を従者と回って、あたうる限りの数字を集め。

人口動態、総生産高、現金収支、防衛戦力。

平均体重、生物分布、気温と雨量と風向風速。

戦没者数、妖気濃度、廃墟来歴、地脈竜脈。

国中の活動を把握しました。

国中の自然を把握しました。

国中の超自然も把握しました。

アリスマ王子が十二の年に、結婚の話が舞いこみました。相手は北へ山ひとつ越えた、フィラス王国の姫でございます。フィラスはたいそう大きな国で、五倍もの兵力を盾にして、長年ディメを脅してきました。今度の見合いも一方的で、フィラス王が勝手に決めました。いわく二十二人目の姫が余ったため、しもじもに降嫁《こうか》させるのもなんだから、小国ではあるがディメにくれてやる、とのことでした。

嫁入りとなれば花嫁が来るのが普通です。けれどもフィラス王はあちらへ来るよう要求しました。アリスマ王子は輿に乗り、揺られ揺られて七日もかけて、険しい山を越えてゆきました。

フィラスは大きな国でした。王女も美しい娘でした。けれども性格は最悪でした。アリスマ王子をひと目見るなり、こんな醜い男はいやだと怒ってものを投げつけました。王がとりなしても聞きません。猿のようだし猫背だし、無愛想で口下手で陰気だし、きっと変態に違いない、と口を極めて罵《ののし》りました。

婚儀は破談となりました。アリスマ王子は輿に乗り、揺られ揺られて七日もかけて、険しい山を越えて帰りました。

もしもこの婚儀が成立していれば、今の世は変わっていたでしょう。より豊かに、平和に、複雑に、細やかに――。

いいえ、なんでもございません。何の問題もございません。盥《たらい》はきちんと備えてあります。話の先を続けましょう。

それとも一服なさいますか？

アリスマ王子が十六の年に、南のエンギル王国が攻めてきました。この国はフィラスほどではないものの大きな国で、水利についての言いがかりをつけて、無法にも国境を破ったのでした。

二万の軍が四手に分かれ、各地の村を襲っていきます。ディメの軍隊何するものぞと、頭から呑んでかかっていました。アリスマ王子の兄君たちが、甲冑《かっちゅう》をまとい剣を提げ、軍勢を率いて出撃しました。けれども敵が見つかりません。兵糧も飼葉《かいば》も足りません。予定の日時に輜重《しちょう》がきません。毎晩兵が逃げ出します。

いざ決戦と矢合わせすれば、長男、次男、三男、四男。討たれて仲よく首を並べました。ディメの国王は真っ青です。降伏しようと言い出しました。このとき頭角を現したのが、醜悪なアリスマ王子でした。

王子は王の前に出て、兵権を譲るよう願います。どうせ他国に取られるならばと、王も願いを容れました。生まれて初めて権力を持った王子が、最初に何をしたかといえば——。王宮の中庭にむしろを敷いて、そこに算廠《さんしょう》を設置しました。

算廠とは一体何なのか。その説明は後にいたしましょう。大切なのは効能です。アリスマ王子が指揮を始めます。巧妙精緻な反撃か、勇猛果敢な突撃か。いかなる勝利の光景が、王子によってもたらされたのでしょうか。

もたらされませんでした、何ひとつ。

王子が指揮した四十日、どんな勝利もありませんでした。勝利どころか一人の敵も、ディメの国軍は討てませんでした。どんどんどんどん蚕食《さんしょく》されて、国土の大きさは半減しました。

いよいよ敵が迫ります。王宮の櫓《やぐら》からエンギルの旗が見えます。このまま王宮は滅ぶのでしょうか。ディメは地図から消えるのでしょうか。

敵陣に小さな火が起きました。ディメの間者《かんじゃ》が放ったのです。間者は沢に飛びこんで逃げました。糧車《りょうしゃ》の轅《ながえ》が一本焼けました。ディメの最後のあがきかと、エンギルの将は大笑いしました。

翌朝早くに四千五百七十一の諸問題が勃発しました。それもすべてが異なる問題です。放火、地雷、投石、落とし穴、洪水、爆礫《ばくれき》、撒《ま》き菱《びし》、からげ紐といった人為の罠から、畜獣の乱入、糧食の腐敗、物売りを装った刺客《しかく》、渡り賃の急な値上げ、局地的な疫病、兵の頓死、自然死、自殺、老衰、悪臭、砂塵、飛蝗《いなご》、煙霧、淫夢、玩具、団子、盥《たらい》、失せ物、落ち武者、亡霊、死者の呪い、伝説の魔獣ホエバトティホル、世界の終わりを告げるという豚の鳴き声によく似た便器のきしみ音まで、ありとあらゆる災難がエンギルの軍を襲ったのです。

四手に分かれた二万の軍は、ひとたまりもなく崩壊しました。ディメの軍が一糸乱れず出ていって、それらを速やかに掃討し、ついでに南の国境を越えて、エンギルの王都を占領しました。

何が起こったのかわからないでしょう。もちろん何が起こったのかわからないのです。エンギルの人間にだけではありません。ディメの民にも、ディメの将にも、肝心の算廠とアリスマ王子にも、いったい何が起こったのか、ほとんどわからなかったのです。

わかっているのはひとつだけ――。

敵を襲った災難が、そのひとつひとつを取ってみれば、決して起こらなくはない出来事であること。むしろ、どれか一つか二つ、あるいは十か二十ならば、高い確率で起こるのが当然の出来事だったということです。

でも四千五百はないだろうって？　四千五百と七十一は。ごもっともなご指摘でございます。ディメには奇跡が起きたのです。

それを起こしたのが算廠です。

算廠は計算の殿堂でした。アリスマ王子の下問《かもん》に応えて、数字を返す機関でした。王子は長年の構想に沿って、とうとうそれを築いたのです。

国中の数字を呑ませることで。

あらゆる数字を吐き出す箱を。

王子はありったけの国民を走らせ、災難と問題を探させました。災難がなければ作らせました。災難がなくて問題も作れないところには、いかにもそれが起きそうな呪いをかけさせました。

そうして、数字を持ち帰らせました。すべての災難の発生確率を。

後は算廠がやりました。珅子《シンシ》と称する計算役の若者が、数字と数字と数字を動かし、災難と災難と災難を合わせ、一事が万事を引き起こすように、組み合わせ方を考えました。

それによって得られたのが、崩壊前日のあの火災――あの火を糧車に放つことで、くすぶった糧車が天幕へ転がり、主計の長を焼き殺し、全軍の輜重を渋滞させ、一部の兵から早朝の食を抜き、憤懣《ふんまん》やるかたない兵が祠《ほこら》の供《そな》え物を奪い、それが二百八十五年に一度の封印弱体化日に当たったため、ホエバトティホルが復活し、残りすべての災難の引き金を引いたのです。

それでもおかしいとおっしゃいますか？　そのような数字の出るわけがないと？　さよう、それなら起きたのでしょう。勝負を覆《くつがえ》す奇跡が。あるいは与えられたのでしょう。確率上の福音が。零を一にしたのではないとはいえ、一を千にしたのですから立派な奇跡です。

もっともそれが奇跡だといっても、犠牲を要する奇跡でした。

アリスマ王子が当日までに走らせた民は二十五万。逓子《テイシ》と称するこの役のうち実に八百十名が心臓麻痺で死にました。

算廠は二千五百の珅子を呑みこみ、九百と九人しか返しませんでした。運び出された死体はすべて、高熱で禿《は》げていたと伝えられます。苛烈な計算に耐えられず、脳が破れて煮えたのです。

ディメ王国のアリスマ王子の、自国の民すら容赦なく食らう、空恐ろしき呪いの機関。

三倍に膨らんだディメ王国から、算厳の名はひと月を経ずに周辺諸国へとどろきました。

諸国は驚き目を向けます。戦勝とともに衰弱死した前国王の跡目《あとめ》を襲い、新たに即位したアリスマ王の、身辺を探りあわよくば殺そうと、あまたの刺客が送られます。

かくして小さなディメ王国は、強大国家の道を歩むのです。

不幸なことだとおっしゃいますか？　おとなしく占領されていればよかったのにと？

さあさあそれは。さあそれは。なんともわかりかねること。

数十万のディメの民は、まだまだ健在でございます。

二千五百の犠牲で済まし、峠のひとつをホエバトティホルに取られただけで済んだのは、儲けものだったと言えますまいか。


アリスマ王は南行します。かつての敵の王都から、開けた南を眺めます。

開けた沃野と開けた大海、多くの民が迎えます。

王は傍らをかえりみて、これでよいかと尋ねます。

おまえの言うままエンギルを盗った。これでおまえは満足か。

傍らに立つのは従者です。美しき扈従《こじゅう》は答えます。

未《ま》だ、未だ、未だ未だ未だ未だと。

まだまだ国は栄えます。算術をもちいれば栄えるのです。ここで足踏みなさらずに、まだまだ領土を截《き》り取りあそばせ。

さすれば陛下の、あのお望みも、いずれはきっとかなえられましょう。

王と従者は目を交わします。二人にしかわからぬ合図です。

星の光から生まれた従者と、王は密約があるのです。

雄とも雌とも伝えられる、整いすぎた美貌の従者は、一礼したのち招きます。

私を見出してくださった陛下を、私も見出してさしあげます。

まずは臥所《ふしど》へ、まずは臥所へ、まずは玉体をあまさずに。

舌でくまなくお測りしましょう。背中の黒子《ほくろ》も数えましょう。


税の季節が巡ってきます。農林水の恵みを量り、商家と職工が帳簿を合わせ、租税を納める季節です。去年はおよそこの程度だった、今年はこれでいいだろう。計算を済ませた民百姓を、非道な悪夢が襲います。国中の数字を握った王が、大増税を断行しました。水も漏らさぬ徴税態勢で根こそぎ持っていきました。

返す刀で改革します。ディメの内外の商工官武にはびこる汚職を、数字に表し数字で叩き、情け容赦なく訴追しました。貪官汚吏《たんかんおり》は一掃されて、牢屋と獄門は大盛況。

冬を耐え抜き春が来ると、王はかさねて改革します。大農の田畑をすべて取り上げ、小農たちにすべてを与え、生産意欲を増進します。酒造、塩造、薬造、造兵、漁獲の権利と伐採の権利。かたっぱしから配分しなおしディメを根こそぎ変えました。

当然起こる非難の合唱。既得権益の受益層から悪魔もかくやと憎まれます。刺客が放たれ陰謀うずまき王に危険が迫ります。

けれども王は死にません。右に軍隊、左に算廠。鉄の双璧が守ります。

将軍、参謀、兵どもは、エンギルの敗北を知っています。四千五百と七十一の、押し寄せる災いをつぶさに見ました。いずこの名君があれだけの、勝ちともいえぬ不吉な勝利を、狙って惹起《じゃっき》できましょうや。軍の忠誠は絶対です。刺客を捕らえ謀反を鎮め、玉座を固く守ります。

そして算廠、算廠です。あらゆる数字を内に呑みこみ、あらゆる数字を吐き出す算廠が、エンギル軍を滅ぼしたように、ディメを改善したのです。不具合、不効率、不平等を、冷酷無残な数字の鉈《なた》で、ざくんざくんと切り捨てて、民の犠牲も何百と出して、徹底的に効率化しました。

見違えるような大改造――。

けれどもそれは、重すぎました。算廠にとって過大でした。連日連夜の過酷な計算に、算廠は多数の死者を出します。放熱のために頭を丸めた、僧侶のような風体《ふうてい》の若者が、ばたりばたりと木像のように、次々倒れて死ぬのです。

アリスマ王は憂慮して、算廠の強化に乗り出しました。まずは施設の拡充を。王宮の隣の丘が潰され、広大な房舎《ぼうしゃ》が築かれました。

入れ物ができたら人材を。王は珅子《シンシ》を集めます。容姿も体軀《たいく》も貧弱でよい、男でも女でもかまわない、飲みこみさえ良ければ誰でもよい。高給と年金が保証され、陸続と若者が集まりました。

アリスマ王はさらに手を打ちます。各地に学舎を創設して、教え手をくまなく派遣しました。幼児に算術が仕込まれます。加法、減法、乗法、除法。三つ子が九九を数えます。算廠をすべての礎《いしずえ》に。ディメは変わっていきました。

この年、秋に戦《いくさ》が起きます。エンギルの東のブディーヤ国が、エンギルの遺臣を押し立てて、捲土重来《けんどちょうらい》を期したのです。

けれども今度は、けれども今度は、つまらない戦になりました。遠路を来寇《らいこう》したブディーヤ軍と、算廠に支えられたディメ軍と。どちらが有利か言うもおろかです。ついでに言えばホエバトティホルも、気まぐれを起こしてブディーヤに出かけ、城を三つほど消しました。

ブディーヤ軍は壊滅し、ディメの領土がまた増えました。

アリスマ王のディメ王国は、みるみる拡張していきます。初年にひとつ、次年にひとつ、三年目にふたつ、四年目にみっつ。近所の枝から実をもぐように、国を奪っていくのです。

諸国の王は騒ぎ立ちます。アリスマ王は何者か。神か悪魔か人間か。送った間者も放った刺客も、ろくろく生きて戻らない。聞けばディメの物産は、諸国の二倍に及ぶとか。これではとてもかなわない。帰順する国家があらわれました。

ディメの国人は鼻高々です。地図の染みだった小さな国が、五年で大きく膨張しました。今では巻物の地図の上に、止まった蛾ぐらいの大きさがあります。都城《とじょう》は牛車《ぎっしゃ》と物売りであふれ、東西の罵声《ばせい》が交わされます。

繁栄しました、ディメ王国は。興隆したのち、隆盛したのです。

こうなると世人の興味が向くのは、貴人にまつわる噂です。

王国の偉大な王様は、いつ王妃様をお迎えになるのだろう。

アリスマ王は今年で二十歳。諸国の王族ならばとっくに子のいる年齢です。北のフィラス王国からも、五女は要《い》らんかと言ってきました。

アリスマ王は聞く気なしです。婚儀にはまるで無関心です。美しい従者をただ一人連れて、夜ごと日ごとに愛《め》でております。従者でもなんでも孕《はら》めばいい、とにかく世継ぎを作ってくれと、血族の長老連は泣きつきますが、アリスマ王は応えません。

実はこのとき誰ひとり気づかぬ、重大な手落ちがありました。王は子作りを知らなかったのです。王子の身なのに出戻って、算廠一筋のアリスマ王は、赤子の生まれてくる穴を、今まで知らずにきたのでした。

従者が教えただろうって？

さあさあそれは、さあそれは――誰にもわからぬことでございます。従者の名前は伝わっておらず、男か女かも不明ゆえ、王の臥所で何をしたのか、あるいは何もしなかったのか、なんとも曖昧《あいまい》なのでございます。

青楼《せいろう》の太夫《たゆう》も赤くなるような、淫靡《いんび》奇抜な媾合《こうごう》をしたのか、それとも存外大真面目に、粛々と子作りに励んだのか。

誰にも知れぬ、誰にも知れぬことなのです。

いかがなさいました？　お大尽さま。お加減を悪くなさいましたか？

青楼の太夫も赤くなる、淫靡奇抜な……でございますか？

存じません。存じ上げません。あらそのようなところ、あら、あら。

けっこうでございます。お確かめ下さるがよろしいでしょう。

ふふ、さあ、さあ。

あはん。

ええ、続きを語らせていただくのです。

実はディメ王国にはまだ王族がいました。六男のアリスマ王の兄、五男です。

えっ、そんなのがいたのかって？　もちろんいたのでございます。ようく思い出してくださいませ。

五男の王子、今では王兄ですが、この人があるとき奮起しました。アリスマ王が子を為《な》さぬならば、おれが代わりに為してやる、と。

その結果は、特に語るべきものではございません。紆余曲折あって五男はホエバトティホルの討伐に乗り出し、魔獣を追って国を出ました。

それきりでございます。梨のつぶてとなりました。

どうでもよろしい間もたせはよして、話の本筋に戻りましょう。算廠のことでございます。

アリスマ王の頭の中は、すでにして算廠でいっぱいでした。算廠自体が国のことでいっぱいなのですから、それを御する王の頭がいっぱいいっぱいなのは当然です。

元の大きさの十倍以上に、膨れ上がったディメ王国を、王の理想に沿った形で完全無欠に動かすためには、膨大な数字を集めねばならず、膨大な数字を扱うためには、甚大な人数が必要でした。

その人数は一説によれば、王暦五年のこの年にして、逓子に八万名、珅子に二万名であったと伝えられます。

二万の男女が縦横に並んで、経木《きょうぎ》に向かって筆をかまえて、体臭と墨《すみ》の匂いを消す薫香《くんこう》の中、さらさらさらと書くのです。計算を重ねていくのです。

その音だけでも狂いますまいか。その匂いだけでも嘔吐しますまいか。

珅子の間には給仕が走ります。珅子といえども人間ですから、食わせなければならぬのです。出させなければならぬのです。また一説では下着を厚く穿《は》かせ、夕刻まではその場で排便を強いたと伝えますが、さすがに誇張でございます。王は厚情でございます。きちんと長椅子に溝を開けて、流水に排便させました。もちろん拭くことも許されておりました。衛生に気を遣う王でした。

二万の間を経木が滑ります。複雑怪奇に滑ります。二万といっても平屋《ひらや》ではなく、このときは四階ありました。右に左に、上階に下階に、経木は縦横に行きかいました。

そうして数字は果てしなき旅をして、簡潔至極《しごく》にまとめられたのち、一階主門の半円の間の、翡翠《ひすい》の器に滑り出ました。王がじきじきにそれを取りました。

その有様《ありさま》を描写するならば、このような具合でございます。

アリスマ王が訪れて、半円の間で下問します。

「西の方のアンガラパット王国の機動河馬《かば》師団は、何日後に誤差何日で国境を越えるか」

算廠はさらさらと神経に障《さわ》る筆の音と不気味な熱気を放ち、およそ二百を数えたのちにカラリと一枚の経木を吐き出します。

『六十四　六・五』

あるいはまたアリスマ王がこのような問いを放ちます。

「本年の南ブディーヤで増税を行う。ついては徴収可能な豪商すべてについて、一件ずつ内国通商登録番号と課税増額可能分を示せ」

算廠はさらさらさらさらと気が狂いそうな筆の音と重厚な熱気を放ち、およそ三百を数えたのちから、一拍につき一つずつカラカラと経木を吐き出しはじめます。

『五八　三千八百三十九万四千八百九十七』

『七九　二千九百十万七千六百九十』

『一八一　八百十九万七千八百四十九』

『二五二　四千五百万九十二』

『三二八　一億百九万八千七百九十』

しかしこの程度のことは算廠にとってお遊びというべきで、もっともっと複雑難解な問いが放たれ、長大莫大な答えが返されることもしばしばでした。

「現在わが国に入りこんでいる諸国の間諜《かんちょう》と刺客すべてについて、身の丈と目方《めかた》を一人ずつ示せ」という問いが為された後では、二千本以上の経木がどっと吐き出されて、あやうくアリスマ王が埋没死するところだったと、当時高潔で知られた将軍が書き残しています。

経木屋が御殿を建てました。

ここにいたって諸国は知ります。次はわが国がやられると。

密使が走り、軍使が走り、大使が走って伝えました。小競《こぜ》り合いは一時休戦、ともに手と手を携《たずさ》えて、大きな脅威に備えましょうぞ。

巨大な網が編まれていきます。ディメを囲んでいくのです。

その年末に明らかになる、ディメに対する大同盟。十五の国家が参画し、総兵力は六十万と号し、盟主はなんと北のフィラスでした。

開戦予定は雪解けの月。根雪《ねゆき》が解けて道が開けば、雪解け水が流れるように、大軍がディメに注ぐでしょう。

ああ王国は、算廠は。落花《らっか》の露《つゆ》と消えるのでしょうか。

諸国の王は武具を整え、傭兵浪人を大勢雇い、今やおそしと待ちわびます。春の訪れを待ち居ます。

いざ春三月そのときが来て、まずは西のデンプト国が、智謀果敢な将軍の下で、一番乗りと攻めこみます。旧エンギルを一気に抜いて、ディメの本土を目指しました。伝説の魔獣ホエバトティホルが盥に弱いと見抜いたのは、この将軍でございます。デンプト軍は魔獣をかわしてやすやすと先へ行きました。

そのときディメ王国の軍隊は――。

王国の領土にいませんでした。もぬけの空《から》っぽ、不在です。もちろん王もおりません。

いったいどこへ行ったのか？

血眼《ちまなこ》で探す将軍のもとへ、本国の急使が到来します。彼が伝えた不吉な知らせはデンプト王都の崩壊でした。ディメの軍勢が船に乗り、侵攻軍と入れ違いにしてはるばるデンプトを突いたのでした。

将軍は呆然としたものの、だからなんだと立ち直ります。我らが王都を盗られたならば、我らも王都を盗るまでよ。聞けば算廠なる官庁は、まるまる残っているそうだ。ディメの算廠を乗っ取って、我らが帝国を築こうぞ。遠征軍は王都に入り、まんまとディメを占領しました。

ああ王国は、算廠は。落花の露と消えるのでしょうか。デンプトの牙にかかるのでしょうか。

もちろんそうはなりませんでした。

わずか三月も経たないうちに、デンプトの軍政は瓦解《がかい》します。デンプト人の将軍は、算廠を使いこなせませんでした。役人たちに対するように、献策《けんさく》を求め訓令を出し、ひとつの答えも得られないまま、無駄に珅子を死なせました。五年の間に算廠に慣れたディメのしもじもの民衆も、要領を得ぬ支配にあきれてそっぽを向いて逃げました。

いっぽう王はどうしたでしょうか。海を渡ったアリスマ王は。

デンプトの王都でアリスマ王は、新たな算廠を開きました。

ご記憶でしょうか、王のことを。王は算術を極めた人間。軍事も政治もわからぬ代わりに、すべてを数字で把握する者。数万の人間に経木を渡し、数字から数字を編み出す経路はすべてが王の設計でした。珅子は計算するだけなのです。一人も政策がわからぬのです。わからぬ凡愚《ぼんぐ》を幾万集め、筆と経木の単純計算で、森羅万象の問題災厄をすべて解決してのける。これが算廠の真髄でした。必要なのは計算だけでした。ディメ人だろうがデンプト人だろうが、あるいは一本足の案山子《カカシ》だろうが、まったく関係ないことなのです。敵でも味方でも同じなのです。

でも敵国では無理だろうって？　勝手のわからぬ敵国では？　元になる数字が手に入らぬのでは？

ご心配無用、ご心配無用でございます。そのための軍でございます。アリスマ王は王都を落とすと兵の八割を逓子に任じてデンプト全土に走らせました。あらゆる数字を集めさせました。

そして新たな算廠に、五万のデンプト人を押しこめました。デンプトの習慣に配慮して、頭を剃るのはやめたと聞きます。

デンプト算廠はうなりをあげて、内外諸問題を解決しました。ディメに比べてはるかに遅れた後進国のデンプトを、見違えるように改造するべく数字の怒濤を吐いたのです。滅茶苦茶でしょうか？　五里押しでしょうか？　ところがそうではございません。

ディメの算廠が出したのです。五年の間に磨きぬかれた経験豊富な算廠が、春になったら押し寄せてくる諸国の軍勢を凌ぐため、もっとも有効な手段がこれだと、昨冬計算してのけたのです。

ディメ算廠のお墨付きのデンプト算廠は着実に成果を上げました。

さてまたいっぽう、諸国の同盟。大国フィラスを盟主に掲げる十五ヵ国の同盟は、この機に当たってどうしたでしょうか。

凄惨な同士討ちを開始しました。

諸王も馬鹿ではありません。ディメの繁栄を支えていたのが、算廠なる魔の機関であることは、とっくのとうに知っておりました。そんな機関を手に入れれば、自国が最強の国となる。ディメの算廠を占領し、工人術師を連行すれば、覇道を完成できるのだ。王たちはそう考えました。

それから始まる大競争。盗っても無駄だと悲鳴を上げる、デンプト軍を押しのけて、我も我もとディメに進軍、算廠を端から改めて、一人残らず連れ去りました。

それから諸国がどうなったのか。申しあげるまでもないでしょう。

算廠にいた、というよりも算廠だった、珅子たちは全員無力でした。賢い者を尋問しても、百人単位で拷問しても、ディメを勃興させた魔術は再現できずに終わりました。

そうするうちに越年します。アリスマ王が動くのです。

王暦七年の春が来て、アリスマ王軍は進発しました。目当てはエレセス王国です。エレセス王国とはどんな国か？　どんな国でもございません。そこら一帯に三十もあった、つまらない国のひとつです。大国フィラスに与した十五の同盟国のひとつです。

アリスマ王軍はこれを攻め、首尾よく王都を滅ぼしました。言うまでもないことですが、デンプト算廠の後備のおかげです。未熟なデンプト算廠ですが、一戦なら支えてのけました。

アリスマ王はエレセスにあります。ディメより小さな王国です。何の意味があるのでしょう？　ディメの算廠を犠牲にしてまでこの国を盗った大きな意味は、一体どこにあるのでしょう？

おおありでした。この国はフィラスに隣接しているのです。ディメの国土から七日隔たる、山に阻《はば》まれたフィラスの王都を、この国は指呼《しこ》の間《かん》に臨むのです。付け加えればこの国は、きわめて細長い国でした。険しい山脈に挟まれているので、デンプトとフィラスを除いた国は、攻め入ることができないのです。

思い返してくださいませ。ディメは大きく成長しました。国境線が延伸しました。多くの敵を作りました。それゆえ一度に攻めこまれました。

エレセスの隣国は二つだけ。実質上はフィラスだけです。アリスマ王は戦わずして、十五の敵国が組んだ同盟を、十三ヵ国削ったのです。

なんと深遠な策謀でしょう。しかしこれも王の知恵ではないのです。

算廠、算廠、算廠です。二年の昔ディメの算廠が、これぞ唯一最高の解だとて、自らの解体すらも織りこんで、導き出した奇抜な作戦。

それがこの大回り、二つの国を回りこむ、常人不可解の策なのでした。

アリスマ王がフィラスを攻めます。時に王暦十年です。エレセス算廠の育成に、王は三年かけました。

フィラスの王が迎え撃ちます。盟約を結んだ四ヵ国軍です。十三ヵ国ではなかったのかって？　ディメの争奪戦で決裂しました。

もしも十三ヵ国のままだったなら——仮定は仮定にすぎません。これはむかしむかしのお話。とうに過ぎ去ったことでございます。とうに終わった過去においては、四ヵ国でしかなかったのです。

フィラス中原の会戦は、武勲輝くアリスマ王の、もっとも正統的な戦いでした。アリスマ王の左右の双璧、忠勇無双の軍隊と完全無情の算廠が、あたうる限りの能力を発揮し、大フィラス軍と激突しました。

エレセス算廠は計算しました。会戦当日の天候気象、地形効果と原住動物、敵軍各将の能力性格、各国軍の特色弱点、移動経路と補給経路、中原にはびこるフタエグルマヅタが岩石に及ぼす諸影響。まだまだそれでは終わりません。フィラス王の二十六人の王女たちと嫁ぎ先の姑《しゅうと》との水面下のさまざまな戦いから、四番目の同盟国スタグレンの弓兵たちが用いる合成弓の脂《あぶら》の腐敗から来る彼ら特有の指の股のただれまで、そこまでやるかと正気を疑われるほど、計算に計算を尽くしました。

吐いて出された五万枚の経木を、一兵卒にいたるまで持たされた軍隊は――。

喚声を上げれば野豚が走って敵将を落馬させ。

無人の谷へ矢を射れば隠れ潜んだ伏兵が壊走し。

騎馬隊の激突ではこちらの胴衣に擦りこんだ野草の臭気で敵騎馬が次々嘔吐。

決戦たる歩兵同士の戦いでは、戦場六ヵ所に散らばった方形槍陣の出鱈目《でたらめ》無秩序な移動が、ことごとく敵陣の急所を突いて逃散せしめたうえ、六百名の歩兵の行進で掘り返された泥の中に、逃げ遅れて潜んでいたフィラス王その人を偶然発見。

さらには絶対に何かの間違いだろうと思いつつも十五里遠方で箱いっぱいの蛞蝓《ナメクジ》をたずさえて待っていた別働隊が、敵同盟国エンスィからはるばる派遣された毒蛇使いの暗殺部隊を偶然捕捉し、用意の蛞蝓を投げつけて史上初めてこの謎に包まれた部隊を生きたまま捕縛するという、およそありえないような大功・異功を上げるに及んで、戦史上に類を見ない大大勝利を得て、見事フィラスの王都に上洛しこれを陥落せしめたのでありました。

アリスマ王は訪れます。かつて一度だけ足を踏み入れ、旬日《じゅんじつ》を経ずに追放された、あの呪わしき憎らしき、フィラスの王女の城館を。

戦勝国の国王です。土足で館に踏みこみます。血砂にまみれた軍兵を率いる、やせて醜いアリスマ王を、震え上がった衛士と侍女が遠巻きに眺めているのです。扉の奥の扉を開けて、アリスマ王が進んでゆくと、最後の豪奢な寝室に、あのときの王女がおりました。

二十二番目の美しい王女は、なんの奇跡か必然か、今でもそこにおりました。別に不思議でもなんでもない？　ふふふ、確かにおっしゃる通り。気性の激しいこの姫は、とうとう誰にも娶《めと》られずにいたのでした。

王と王女は対面します。王は今年で二十と六歳、王女も同じでございます。男盛りの王に対して、薹《とう》の立ちすぎた王女です。

けれども王女は泣いております。父が囚われ王都が燃えて、かつて手ひどくふった男の、恨みの深さを知ったのでした。女も二十六ともなれば、うすうす行く末を悟ります。尼寺に行ければよいほうでしょう。涙を流してひれ伏して、王の爪先に口付けします。私が悪うございました。この身一つで済むものならば、煮るなり焼くなりしてくださいませ。けれども代わりに身内のものには、どうか一掬《いっきく》のお慈悲をば——。

王が片手を伸ばします。優しく微笑んでささやきます。フィラスの王の王女様、どうかお顔をおあげなさい。そんなに卑屈になることはない、ひとつお聞きしたいだけなのです。涙にくれた美姫が尋ねます。どんなご質問なのでしょう？

　アリスマ王は言いました。

「縦と横と高さの三軸からなる空間に存在する幾何学図形集合空間のうち、基本群が自明であるものは、どのような図形だとお考えでしょうか？」

「は？」

と王女はつぶやきます。清らかな唇をぽかんと開けて、空っぽの表情をさらします。

　アリスマ王は王女を眺めて、三度同じことを訊きました。王女は答えることはおろか復唱することもできません。

　アリスマ王は笑います。会心の笑みを浮かべます。王女の耳に顔を寄せ、この上なく嬉しそうにささやくのです。わかりませんか？　わかりませんか？　この問いに答えられないとおっしゃるのですね？

　王女の顔色が消え失せます。体をがくがくと震わせて、失禁しながら悟ります。ただの醜男ではなかったと。

フィラスの王女は十四年前、最悪の怪物を怒らせたのです。

アリスマ王が哄笑します。望みを果たす時なのです。恨み積もった美しい王女に、指一本ふれずに叫びます。

「算廠、算廠、算廠へ！　フィラスの王と九族すべて、算廠へ送り計算させよ！」

アリスマ王の復讐は、ここに完成を見たのでした。

アリスマ王は凱旋します。ディメの王都に戻ります。大国フィラスを破った王に、恐るるものはありません。置いていかれた民草《たみくさ》は、王を恨んでおりましたけど、抗《あらが》えるものではございません。王の率いる遠征軍は、デンプト・エレセス・フィラスの三国で、財宝の山を手に入れました。史上いかなる帝王が、かほどの勝利をもたらしたろうか。アリスマ王に栄えあれ。万歳、万歳、万々歳！

軍の忠誠は絶対です。王の意のままに動くのです。富豪だろうが奴隷だろうが、王の支配に弓引くものには決して容赦いたしません。追い詰め、捕らえて、頭を丸めて、算廠に放りこみました。

ディメの領土はかつての十ヵ国。フィラスの凍土とブディーヤの砂漠。デンプトの陶器とエレセスの織物。四方の国から徴税します。産物が流れこむのです。ホエバトティホルが辺境をさまよい、盥屋をしこたまもうけさせ、それを追う五男の王兄が、行く先々で顰《ひん》蹙《しゅく》を買いましたけども、王国にとっては些細なことです。針先で突いたような災難です。瑕疵《かし》と呼ぶのも大げさです。

そして算廠、算廠の珅子は――。

十六万に増えました。王国の経略を演算し、安全を保障し繁栄を支える巨大偉容の人間機関は、南北半里で九層からなる壮麗無比の城郭に収まり、日ごと夜ごとに千人単位の蟻のごとき逓子を呑みこんで、東西無尽のディメ王国を殷賑《いんしん》の極《きょく》に高めたのでした。

二十六歳のアリスマ王は、さらに国土を広げます、五つ、六つ、九つと。ひとつ齢を重ねるたびに、周辺諸国を併呑《へいどん》します。牧畜が野草を食い尽くすように、大陸を支配するのです。アリスマ王の三十の年、ディメは帝国となりました。

おつかれですか？　おやすみですか？　夜もずいぶん更けました。

あともう少し、少しです。ディメ帝国のアリスマ帝は、二十数万の珅子を使って大陸を征服いたしました。ここまではよろしい、よろしいでしょう。殿方の誰もが考えること。恨みの積もる相手を倒し、目に入る限りの事物を奪い、美しい異性の愛を得る。アリスマ王の愛する従者は、異性かどうかも不明でしたが、とにかく何者かであるのは確かです。アリスマ帝は愛したのです。その者のために生きたのです。

その者が言うから、征服したのです。広大無辺の大陸を。

今その仕事は成りました。王暦十四年の春にして、帝は偉業を達成しました。

もうこれ以上取るものはない。おれの仕事はすべて終わった。アリスマ帝は言いました。

これに答えて従者のいわく「おやおや、何をおっしゃいますか？ 帝が手にした陸地はひとつ。たったひとつでございます。それで終わってしまうのならば、はなから小さなディメにこもって愚《ぐ》鈍無明《どんむみよう》の侍女でも孕ませ、細く永ぁく老いていくほうがまだマシだったと言えますまいか」。

アリスマ帝は聞きました。ならばどうせよと申すのか。

従者は答えて言いました。海へお船を出されませ。

おわかりですね、お大尽さま。さよう、おっしゃる通りです。これがダイムの帝国なのです。はるか後世の今まで伝わる、人類史上最大最富で最強を誇った国家です。むかしむかしが豊かと言うのはこの国を指して言うのです。海にお船を万隻浮かべ、海より遠くと交易しました。

おつかれですか？ おやすみですか？ ええ、もちろん盥はあります。

でももう少し、でももう少し、このお話の顚末を。

顚末をお聞きなさいませ。

時は王暦二十二年。アリスマ帝の三十八の年、帝国の船が沈みます。ぷっつりと連絡を絶ったのです。

海事の司《つかさ》は驚きました。それは訓令になかったからです。ディメの算廠の忠告の書に、沈没予定はなかったからです。けれどもそうした意外な事件はたまには起こっておりました。最強を誇る算廠といえども瑣末な事件は取りこぼします。

しかし事件は連続します。二隻、三隻と商船が沈み、ついには目撃されるのです。帝国の船団に牙を剝く、未知の国家の艦隊が、南海の嵐と虹の向こうに忽然と姿を現したのです。

報告が帝に上がります。帝は算廠に下問して、対策数字を引き出しました。かくかくの港に艦隊を仕立て、しかじかの方角へ送り出せ。海事の司が手配りをして、艦隊は出港いたしました。軍船二百に弩砲《どほう》を積んだ、精強の艦隊でございました。

これが沈んでしまいます。

連絡艇の一艘《そう》もよこさずきれいさっぱり全滅しました。

このときディメの算廠は、一枚の経木を吐き出します。

「一∧廠」

一以上です。二なのです。三や四かもしれないのです。

アリスマ帝の切り札である精妙無類の算廠が、異なる陸にも活動していてディメに対抗しはじめた。たった一枚の経木の文字が帝国を震憾《しんかん》させました。

ただちに侵攻が計画されて、間者二千が送られました。別の大陸、未知の土地へ、逓子となって放たれました。

ところがそれとまったく同時に算廠が経木を吐き出します。書かれていたのは身の丈と目方、間者の人相書きでした。ディメの大陸にまぎれて入った敵の逓子の手配書でした！

敵の算廠は展開を読んで、同じ手を打ってきたのでした。

アリスマ帝は知るが早いか、算廠の増強を命じました。算廠は大きいほど高速です。それに大きいほど緻密なのです。こちらの計算能力が、相手の算廠の能力を超えれば、裏をかくことができるのです。破壊することができるのです。

ちまちまやっても仕方ありません。アリスマ帝は倍増を命じます。珅子の数は六十万、逓子は総勢百三十万です。実に旧フィラスの全人口が、このために投入されました。

空前絶後の巨大算廠がディメの国土を埋めました。大陸全土の糧食が集まり、牛車が大河を作ります。逓子は空中の廊から出入りし床下を糞尿が流れます。内には腐った空気がたまって悪臭と酸欠で人が死ぬので、幅二十間の風道が通され五万の奴隷が扇ぎました。一日二回反乱が起こって廠内軍が激戦を交わし、破壊と放火が頻発したため大工と僧侶が大もうけしました。珅子の熱気がもうもうと噴き上げ上空で凝《こご》って嵐を起こし、豪雨が降って川があふれて下流の旧エンギルが浸水しました。

ここまでやってどうなった。ここまでやって勝てたのか。

無論のことでございます。アリスマ帝軍は最強です。敵大陸の弱点が暴かれ、軍船二千が進発していき、上陸進行三百里にして敵算廠を発見しました。

怒濤の攻撃が行われます。陣頭に立つのは帝そのひとです。不惑を迎えたアリスマ帝が、敵の算廠へ踏みこみました。目当てはむろん首魁です。自分のほかに算廠を立てた、憎くも偉大な男は誰か。ひと目その顔拝んでやろうと、直卒の果てに到着しました。

異国様式の算廠の、一階主門の方形の間の、黒曜の器の前に立つのは、太りに太った醜《しゅう》漢《かん》と――。

アリスマ帝が誰より親しき、美貌の従者でございました。

従者は敵を離れます。アリスマ帝の腕《かいな》の中に、するりと戻ってまいります。愕然とする敵王を差して、アリスマ帝にささやきます。

どうぞご成敗くださいませ。あなたの仇《かたき》でございます。八つに裂いて焼くもよし、ディメの算廠へ入れるもよし。

汝《なんじ》はここで何をしていた。アリスマ帝が詰問しますが従者は笑って言うのです。みかどの無聊《ぶりょう》をお慰めするため、敵を作っておりました。

さすがの帝も愕然とします。従者の愚行にでございます。そんな理由で敵につくとは、政道をなんと心得るのか。しかしゆるゆると気づきます。確かに自分は楽しんだ。敵の大陸を打ち滅ぼすべく狂気のような増強をして、空前絶後の算廠を作る過程を誰より味わった。

従者の言《げん》は図星でした。帝は無聊を託《かこ》っていました。それがなぐさめられたのです。そういうことなら是非もない。史上最大の遠征を受けて、ディメの商業も沸き立った。独断行為も大目に見よう。国へ帰ってくるがよい。帝は従者を許します。

哀れ、哀れ、哀れなのは——当て馬にされた敵の帝。階段下ろすもかなわぬ巨体のために、その場で膾《なます》にされました。

戦勝に沸く遠征軍。無敗の帝を称《たた》えます。されども帝は従者を眺めて、黒い疑惑を抱きました。こやつは一体どういうつもりか。本当に予の無聊を慰めただけか。大陸ひとつで満足せずに、さらなる膨張を望んだこやつの、本当の意図はどこにある。疑惑は育ち、膨れます。疑惑を解消する方策は、ディメにおいてはただひとつ。

帝は経木に疑問を書いて、ディメの算廠に問いました。

「かの者の意図は奈辺《なへん》にありや？」

森羅万象に返答し、海の向こうの帝国を倒した、ディメの算廠がうなります。悪臭振りまき嵐を呼んで、三日ののちに答えました。

『無答』

下って王暦四十年、ディメ帝国は第三の大陸と出会い、激戦むなしく敗れました。敗戦時の珅子は四百五十万。帝国人口の四割を占めておりました。

四十年の永きにわたって活動を続けた算廠は、ただ一回の無答を除いてあらゆる問題に正解し、帝国敗北の秋《とき》にあっても、そのことを正しく予言したそうでございます。

帝国敗北の原因は、限度を越えて過密となった算廠そのものから発生した、流感であったそうでした。勝利のために閉鎖はできず、珅子のすべてが感染しました。

五十六歳のアリスマ帝は、従者に看取られて死にました。ついに継嗣《けいし》を得ませんでしたが、死に様は安らかだったと伝えられます。

帝を失ったディメ帝国は、あっという間に没落し、二年で烏有《うゆう》に帰《き》しました。忠実だった帝の従者も、間もなく姿をくらましました。

あとに残ったのはただの三つ。盥に弱いホエバトティホルと、五男王兄が各地に作った落胤《らくいん》と、そして昔エンギルだった糞尿の三角州でございました。

さて、さて、さて――。

お疲れ様でございます。お話は終わりでございます。

空も白んでまいりました。間もなく盥が要るでしょう。

えっ……。

まことか？　まことなのかと？　今宵の話はまことなのかと、お大尽さまはお尋ねになるのですか？

なぜなら、わしがその五男の末裔《まつえい》だから？

ほほほ。

ほ。

もしもそう思っていただけたなら、お話しした甲斐がございました。このような下らぬ寝物語を、大変楽しんでいただけたようで、何より重畳《ちょうじょう》でございました。

もちろん架空でございます。作り話でございます。確かに今のこの世には、ホエバトティホルが出没します。夜明けに覗く触手眼と、もし人が目を合わせれば即死いたしますが、盥をかぶれば防げます。その起源を説《と》いた話のようにも思われたでしょう。

そう思わせる、おとぎ話でございます。

ほら、ほら。鳴き声が聞こえます。魔獣がやってまいりました。

盥をかぶってやり過ごしましょう。

……あら、まあ、まあ。朝からほんに、お元気な。

盥の代わりに、お布団でございますか？
ふふふ、どうぞお好きになさいませ。
んふん。
いったようでございますよ。
ほんとうにお盛んなお方です。惹《ひ》かれてしまいます。
え、お身請け？　ほほ、ご冗談を。お口ばかりがお達者な。
え？
……本気、でございますか？　本気の本気で、引き取ってくださると？
それは、ありがたき幸せでございます。
謹《つつし》んで――お受けさせていただくのです。
んふん。嬉しゅうございますよ。ほんとに。
お待たせいたしました。支度ができました。
さあどうぞ、いずこにでもお連れくださいませ。
はあ、最後に。お聞きになりたいのですか。おとぎ話と言うのなら――ちゃんと結べと
おっしゃいますか？　ほほ、お気になさらずとも。

――お気にかかるのでございますか？　王の従者の正体が？　さあさあ、それは。さあそれは――しかとは分からぬことなれど、少し考えてみましょうか。

王は従者の言うがまま、算廠を広げて国を栄えさせました。それでいちばん益《えき》を享《う》けたのは、どこの誰だと思われますか？　従者本人？　アリスマ王？　ダイム帝国の臣民ですか？　空前絶後の巨大発展で、高速強力大量になったのは？

それは算廠の中身そのもの――筆と経木でやり取りされる、無形無重の計算そのもの。すなわち王子の黎明に現れ、帝の没後に杳《よう》として消えた、星の光の凝りの従者は、それの精だったのではありますまいか？

……おわかりですか？　お大尽さま。おわかりですね？　すっかりと？

それではただ今このときから、あなたに繁栄をお約束しましょう。

先代未聞の大繁栄を。もちろん、あれの構築と引き換えに。

殿下のものになったのです。お名前は付けてくだされればよろしいのです。

お勘定なさいませ、お勘定なさいませ。お代は計算いたします。

願いましては――」

星のみなとのオペレーター

星のみなとのオペレーター

罪の世界のストレンジャー

1

「ハロー、こちらはコントロール。ようこそ小惑星イダへ、歓迎します――」

暗い管制室の窓際に、宝石のように輝く緑のランプが、扇形にずらりと並んでいる。

室内は図書館よりも静かだ。人を不安にさせる、さえずるような甲高い太陽風警報や、神経を逆なでする事故船の緊急通報は、めったに上がらない。仲間の落ち着いた誘導音声が、ときおりさやさやと響くだけ。メインのレーダースコープには輝点がたったひとつ。

オール・グリーン、異常なし。

小惑星イダの宇宙港管制室は、今日も眠気を催すほど平和だ。

ただそれは、事件が何もないからじゃない。今日に限って言えば、とびきり大きなやつがその他のあれこれを押しのけてしまったからだ。

レーダースコープのよく目立つ輝点――それはもう、管制塔の窓からでも見えた。

目がさめるほど派手な赤と青の竜。

濡れているように光る鋭い牙と角、精緻できらびやかな幾千枚の鱗。船首からエンジンまで、これでもかとばかりにデコレーションを凝らした、ド派手な惑星間宇宙船だ。

そんなものを乗り回しているのは、広い太陽系にも一人しかいない――正確に言えば、一組の男女しか。

今をときめく大人気のロックアーティスト、「ホイッスラー」の自家用クルーザーが、降りてきたのだ。

田舎のイダでは、滅多にあることじゃない。港全体が貸切になっているのもそのためだ。熱心な追っかけの連中は昨日までに受け入れて、今日はランディングパッドを空《から》にして待った。

大掃除したみたいに広々とした半地下空間へ、クルーザーは減速噴射の光を花火のようにきらめかせて、しずしずと降りてくる。

歴史的な光景だ。誰だってひと目見たいと思うはずで、現に管制室の隅のモニターは、港のアライバルゲートがファンでいっぱいになっている光景を映していた。

そっちにちらちらと目をやりながら、筒見《つつみ》すみれは手元の誘導ディスプレイにしがみついている。入港船舶がCG化されて映っている画面だ。船の速度や傾きは詳細にわかるけれど、クルーザーの派手な装飾や、横腹に流麗な筆記体で記された「Whistler」の文字は見られない。

「ううう、私も見たい……」

つぶやくすみれの耳に、上司のエヴリン・シャープ室長の声が届く。

「わあ、みんな見て見て。まるで映画に出てくる宇宙怪獣みたいよ。うちの甥っ子が大喜びしそうだわ」

そろそろ五十歳近いはずの室長が、自分の席から抜け出して、年がいもなく窓際ではしゃいでいる。彼女の許可が出たのでオペレーターの男女もみんなそっちへ行く。歓声を上げたり、携帯端末で写真を撮ったり、大喜びだ。

ひとり、すみれは席から離れない。室長が陽気に声をかける。

「スマイル、あなたもごらんなさいな」

「私はそういうわけにも」

「あら、そう？　とってもすてきな船よ」

「え、え、そうなんですか」

見たい。一隻丸ごとデコった私有船なんて滅多に見られるもんじゃない。すみれは椅子から腰を浮かせかける。

けれどもすみれは担当オペレーターだから、持ち場を離れるわけにはいかない。シャープ室長は名前に反してぜんぜんシャープでない、ふわふわ系のおばさんなので、彼女に任せるのはちょっと不安だ。

結局、ぐっと我慢した。

降下するクルーザーが、パッドに着陸した。年上の同僚がわあっと黄色い声をあげる。観客サービスにイルミネーションでもつけたのかもしれない。それを背中で聞きながら、すみれはあることに気づく。

「あっ……」

クルーザーの背中のマストが立ったままだ。あれを畳んでくれないと、パッドの天井を閉めることができない。

いや、ぎりぎりいけるかな？――すみれはカメラを切り替えたり、倍率を変化させたりして確かめる。室長が振り向いたが、そちらを気にしているひまはない。やっぱりだめだ。ほんの少し、腕一本分ぐらいはみ出している。

ごぅん、と港全体を揺らして、パッドの天井ハッチが鯨の口みたいに閉じ始める。なんで異物センサーが反応しないんだ？　わからないけど、このままだとハッチにマストが挟まって、空気が宇宙に漏れてしまう。誰もそのことに気づいていない。

大変だ。

自動入港手順には含まれていないが、すみれはクルーザーを無線通信で呼び出した。

「イダ宇宙港コントロールより、クルーザーのホイッスラー号へ。準緊急事態につき応答を――」

「マスカラ！　ホーシ、あたしのマスカラどこやったの！　勝手に使うなっていつも言ってるだろ！」

「ヒスイおまえ、いつもそうだな！　今ごろそんなことでガタガタ騒ぐな、出番まであと九分しかないんだぜ？」

「塗りが甘かったんだよ！　このあたしが寝起きのアナグマみたいに眠たい目で出てったら、太陽系中の笑いもんだろ？」

コックピットにつながるはずの無線から、いきなりそんな叫びが飛び出してきて、すみれは面食らう。

「あ、あの、ホイッスラー号？　応答を……」

そう言ったあとで、思い出した。ホイッスラーの二人の名前は、確か――。

燦然院翡翠《サンゼンイン・ヒスイ》と、麟角鳳嘴《リンカク・ホーシ》。

「なんだよ、やかましいな」

これ本物？　本物の二人なの？　すみれは動揺しそうになって――。

「おい、用件は？　今こっちは取りこみ中だ！」

用件を告げなければならないことを思い出す。時間はない。

「ホイッスラー号、背面マストを畳んでください。このままでは気密できません」

「背面？　マスト？」

「ヒスイ、これ外だ。なんでか外につながってる」

「外ぉ？　あ、ああ……」

中の人が納得したらしい。パイロット、背中のマストだってよ！　と怒鳴る声がした。

それに続いて、いくぶん落ち着いた返事があった。

「マスト、畳ませたよ」

「はい……確認しました。ＯＫです」

「怒鳴って悪かったな。てんやわんやでね」

「いえ。がんば——」

ってください、というより早く通信は切られた。

すみれはしばらくぽかんとしてから、椅子にもたれてため息をついた。

応援の言葉は届かなかったけど——とりあえず、よかった。あの人たちの登場シーンで、減圧警報をビービー鳴らしたりせずに済んだ。

ハッチは無事閉まり、パッドに空気が満たされた。窓に貼りついたシャープ室長が、

「出てきたわ！——ああんもう、遠すぎてよく見えないじゃない！」ともどかしげに叫んでいた。

地下にある市街地の中央公園で開かれた、ホイッスラーのライブコンサートには、イダの人口の半分と追っかけファン、合わせて二万二千人もが詰めかけた。最前列のチケットはすみれの月給の二倍にもなる超プレミアム価格で、とても手が出なかった。

すみれは後ろのほうの群衆の一人として、ステージ上の二人を見た。めちゃくちゃ派手なスモークと花火に包まれて、スポットライトとレーザーを浴びた二人は、歌も演奏も極上だった。名前だけでない、掛け値なしのスターがそこにいた。

ただ、オペラグラスを覗いていたすみれは――デュオの片割れが、目元のところだけちょっと眠たそうに見えたので、思わずくすくすと笑ってしまった。

――マスカラ、結局見つからなかったんだな。

2

アポロが月に飛んでからしばらくの間、宇宙はお休みをもらっていた。しかしそれも百年後にはとっくに終わって、広い太陽系はちっぽけな人間たちの活躍の場として、絶賛営業中になっていた。

月を始めとする火星や金星などの大型天体は、大きく広いデパートのようなものだった。

見るべきものはたくさんあるけれど、必ずしもすべてがそろっているわけではなくて、いったん入ったらなかなか出られない。重力が強い、というのはそういうことだ。それらの星に入りびたりになる人もいたけれど、より多くの人は小さな店の並ぶ商店街へ向かった。火星と木星の間の小惑星帯、がそれだった。そこには石ばかりの星から水や有機物を持つ星まで、各種天体がひしめきあっていた。星から星への移動も火星や金星に比べれば簡単だった。

人間がそこに基地を作り、町を作り、会社や国を作って小惑星帯のうちで宇宙船を飛ばしあうようになったのが、すみれの生まれる半世紀ほど前のことだ。

この時代の花形職業と言えば、やはり宇宙船乗りだった。それに次ぐのが宇宙都市設計家だった。どちらも一ヵ所には留まらず、しじゅう星から星へと飛び回る仕事だった。そんな宇宙船乗りの女と、設計家の男が出会って、できた子供が筒見すみれだった。

両親について、すみれは二つ、残念なことがあった。ひとつは子供の名づけのセンスだ。二人は子供にＳｍｉｌｅと名づけた。笑顔で育ってほしかったんだな、というのはわかる。わかるけれどそのダジャレ、日本人にしか通用しない。宇宙の公用語はこの時代でも英語で、彼らはすみれの名を知ると、花の名前だとは気づかないまま、オーと笑ってスマイルとかスマイリーなんて呼んだ。呼ばれたとおりに笑顔を浮かべつつ、これって男の子の呼び方だよね、とすみれは内心へこんだ。

もうひとつの不満は、二人がしじゅういなくなることだった。そういう仕事だからしかたないと言えばしかたないが、おかげですみれはイダの自宅で、そこにいないどっちか片方の親を、常に何ヵ月も待ち続けながら育った。

だから、ということなんだろう、多分。すみれは宇宙港の通信士《オペレーター》になった。

オペレーターは地場べったりだ。港に詰めて宇宙船を迎える。規模の小さい田舎の港だから、通信だけでなく掛け持ちで管制官の真似事もやるけれど、管制作業の大半は、もうずっと前から自動化されていた。常に百隻以上が出たり入ったりするセレスのような大きな星と違って、イダのような小さな星だと、一度にやって来る宇宙船はせいぜい三、四隻。交通整理をする必要なんてほとんどない。だからすみれのやることは主に二つ、「お帰りなさい」と「いってらっしゃい」を言うことだ。あとはせいぜい、ちょっとしたトラブルを片付けるだけ。のどかで平和で、ほとんどの場合は退屈な仕事だ。

血沸き肉躍る冒険映画の主人公にもなる宇宙船乗りや、知的で尊敬される都市設計家とは違って、目立たず静かで、いつも脇役であるような職業。

とはいえ、そこならすれ違わない。誰かが来れば、必ず出会える。

筒見すみれがインカムをかけてから、もうじき四年がたとうとしていた。

オール・グリーンの管制室の隅に、今朝は小さな黄色のランプがひとつ。

なんだろう？

またセンサー異常かな、とすみれは思う。ホイッスラー号のマストを気密ハッチでちょんぎりかけたあの事件、原因は異物センサーの故障だった。ハッチの異物まで、あとマイナス二百メートルとか八iセンチなんていう、あり得ない数値を吐いたせいで、処理系からオミットされていた。

距離計は部品交換で済んだけど、今度はどうだろう。

すみれはキャスター椅子をランプへ滑らせる。ランディングパッドから宇宙船を引きこむ気密埠頭のひとつ、十六番ワーフに残存物。朝早くに出ていった貨物船が、忘れ物をしたみたい。よかった、たいしたことじゃなさそうだ。

埠頭の係官は徹夜明けで引きあげてしまい、十六番は無人だった。管制塔のすぐ下だ。次の船が入港する昼過ぎまで仕事はない。すみれは自分で降りていく。

荷役機械のたたずむ、がらんとした倉庫みたいな埠頭には、何も残っていないように見えた。すみれは首を傾げて歩き回る。とあるクランプのそばまで来ると、チーチーと小さな音が聞こえた。

入港した船をがっちり押さえる、鉄の爪のようなクランプの間に、アイスクリームコーンを倍ぐらいにした形の何かが挟まっていた。小さな音はそこからする。すみれはスイッチを操作して、そいつをクランプから抜き出した。

　それはおかしなものだった。先の尖った巻貝みたいで、握るとずっしり重みがあって、チーチーと音を立て、ぶるぶると震えている。なんだろう、とひねくり回すと、先端のほうに二つの目が開いた！　ぱちぱちと瞬きしてこちらを見る。

　ぎゃっと叫んですみれは放り出す。投げてもなぜか床に落ちない。尖った先端を上にして浮かび、二つの目玉ですみれを見つめる。見たことのない形だけど、ロボットらしい。

　気味が悪くなってすみれは逃げる。巻貝は滑るようについてくる。ついてこないでと叫んだが、聞く耳持たないようだった。

　結局、管制室までやってきた。そいつはすみれのコンソールの端にぺたりと貼りつく。なんだそれ、と同僚が笑い、あらおもしろい、と室長がつついたけれど、そいつは離れようとしなかった。

　出て行った貨物船に問い合わせても、埠頭の係官に電話をしても、そんなものは知らないと言うばかり。巻貝自体にも何も書いていない。さっぱり正体がわからない。

　ひとつだけわかったのは、そいつが船籍番号を持っているということ。港のコンピューターは、そいつのことを船だと言った。出所は不明、母港はここ。自分で登録したらしい。

　船？　小さいけれど、宇宙船なのか。

　そいつは一日そこにいた。夕方にすみれが帰宅するときもそのままで、翌朝出勤してくるとまだがんばっていた。すみれが席につくとチーチーと鳴いた。

どうやらそこが気に入ったらしい。別段、爆発物でもなさそうなので、すみれはそいつをほっておくことにした。

人間が生きていくには電気がいる。宇宙で電気を作る一番簡単な方法は太陽電池を使うことだ。もちろん太陽に近いほうが効率がいい。だから大きな町は小惑星帯の内側のほうにある。多くの人はそっちで暮らしている。事件も流行も発明も政治も、みんなそっちで起こって外へ広がる。あのホイッスラーの二人組も、そっちからやってきてそっちへ去っていった。

イダは外側のほうにある。にぎやかで忙しい地帯から外れた、人口四万の小さな田舎だ。ウイスキー瓶によく似た形の小惑星に、蟻の巣みたいに穴を掘り巡らせて、安全で暖かい地下通路都市を作った。小さな学校と小さな商店街、小さな政庁の前にちょっとだけ奮発した公園があって、緑に囲まれた噴水のある水盤で、誰かが持ちこんだアヒルたちとビーバーのつがいが泳いでいる。

小さいけれど、手入れの行き届いた暮らしやすい町だ。けれどもやっぱり刺激には乏しい。

そんなところだから、外からの刺激にはことのほか敏感。ランディングパッドの見えるアライバルゲートにはいつも誰かしら散策に来ているし、ちょっと面白い船が入ってくれば親子客がつめかける。その様子はにぎやかなもので、船を歓迎することはイダの人たちの娯楽のひとつにもなっているぐらい。イダのローカルテレビ局にはそれ専門のコーナーまであって、毎日こんなニュースを流してる。――「以上、スポーツでした。続いては今日の入港船舶。九時半に、ＦｅｄＥｘの貨物船ダコタ号。宅配便・小荷物は夕方に届くでしょう。十六時、イセタンＨＤグループの貨物船ヨコハマ号、失礼しましたヨコハママル。週末にバーゲンが催されるようですね」。

船のほうもそれを知っていて、入港予定日が近づくと一足先にＣＭを流したり、上陸当日セールなんてものを港で開く。そんなときには、すみれもちょっとばかり忙しくなる。

「イダ管制へ、ヨコハママル。三番ワーフへの接岸を希望する」

「ヨコハママル、いらっしゃい。入港を歓迎します。十一番ワーフに接岸してください――」

「イダ管制、三番を希望する。今回は上陸セールでの売り場面積を広く取るので、十一番では手狭だ」

「ヨコハママル、貴船の予約は十一番です」

「そうだったが、変更したい」

「しかし、三番では埠頭使用料が跳ね上がりますが――」

「もちろん差額は払う。昼に流したＣＭで、三番だと知らせてしまったんだ。どうしても三番でなければまずい。悪いが、頼む」

「……仕方ありませんね、三番へどうぞ」

そう答えてから、あわてて十一番ワーフへの回線を開いて、

「コントロールよりグランドクルー、ヨコハママルがワーフを変更しました。接岸は三番、接岸は三番です！　誘導、給電、給気、警備各員は三番に移ってください！」

「三番だ？　港の反対側じゃねえか！」

「すみません、お願いします、ほんとすみません。あと二時間十分です……」

ぶうたれるスタッフに、マイクの前でぺこぺこ頭を下げる。すみれのミスではないけれど、謝るのも仕事のうちだ。

突貫工事で変更手順を進めた末に、船が港へ入ってくる。アライバルゲートは目の色変えた奥様方でいっぱいだ。接岸した船から設営隊員が降りてきて、手際よく会場を設置するが早いか、待ちかねた人々がどっとばかりに詰めかけて商品を奪い合う。

そんな有様を、すみれは男性の同僚とディスプレイで眺める。

「いいなあ、あれ。私も行きたかった」

「週末の本セールがあるじゃない」

「その前に売り切れちゃうよ、あの有様じゃ。あ、いま奥さん映ったよ？」

「うわ、本当だ。また買いすぎなきゃいいが」

男性同僚が額を押さえた。

演台に上がったヨコハママルの接客マネージャーが、目玉商品を片手に機関銃みたいな勢いでセールストークをまくし立てる。それを囲んだ奥様方がにぎやかに茶々を入れながら、餌場に舞い降りる水鳥よろしく片っぱしから商品を抱えこんでいく。みんなとても楽しそうだ。

「はいはいみんな、本業に戻って！　十八時にエウロス号が出港よ。下ばかり見てないで準備、準備！」

シャープ室長があからさまにいらいらした声で言う。この中の誰よりもバーゲン好きな人なのだ。でも仕事柄、行くわけにはいかない。

「はーい」「うーす」

すみれたちも気のない返事をしてディスプレイから離れた。

「イダ管制、公宙に出た。交信を終了する、ありがとう」

「エウロス号、いってらっしゃい。よい旅を」

建前だけではない祈りをこめて、すみれは出港する船にそう告げた。

その日最後の船を送り出すと、管制室はまた静寂に包まれる。オール・グリーン、異常なし。

緑のランプに囲まれたその空間は、外界と切り離された別世界のようだ。すべての出来事はこの外で起こり、すみれの左から右へ、右から左へと流れていくだけ。それは気楽だ。だが一面で、寂しくもある。

「はぁ……」

ぎし、と背もたれに身を預けてすみれはため息をつく。

広い世界へ出たい、と思ったことがないといえば嘘になる。だが自分にそれができないこともまた、すみれにはわかっていた。能力の問題ではない。勇気の問題だ。故郷の土地や仲間から離れて、何が起こるかわからない外へと出ていく勇気がない。

だからこそ、外から来るものに憧れるのかもしれない。

膝に何かが軽く当たって、チーチーと音がした。見れば、例の巻貝みたいな変なやつが、すみれのスカートに乗って二つの目で見上げていた。

「あんたも外へ行きたいの？」

思わず話しかけると、そいつはぶるぶると左右に震えた。違う、と言っているような気がした。

「そっか、あんたは外から来たんだもんね。……どこから、なんのために来たの？」

返事があるとは思わなかったし、現になかった。そいつはただ、チーチーと鳴きながらコンソールに戻って、レーダースコープの隅に陣取った。

「こら、画面が見えないよ」

すみれは小さくささやいて、指でそいつを押した。

そいつはまるで、巨大な重い岩みたいに、びくともしなかった。

3

イダも含めて太陽系は平和で、戦争はどこにも起こっていない。そういうものがあったのは四十年以上昔で、もしも気に入らないやつに出くわしたら、殴りあう前によそへ行く、ということを人類は覚えた。そういうことができるていどには、太陽系は広かった。

それでもいまだに、軍隊はあった。軍隊があるから戦争が防がれるのだ、と唱える人たちがいるためだ。それもまあそうだな、とすみれはわりと納得してしまっているのだが、個人的には軍をあまり好いてはいなかった。あまりというか、だいぶ。

軍艦は敵の目をごまかすためにあまり居所を明らかにしない。だから港に来るときはいつもいきなり来る。迎えるほうは大わらわで用意しなければいけない。しかも彼らは、その用意すらしばしば無視して、勝手なやり方で入ってくる。物腰も居丈高《いたけだか》か、ぶっきらぼうかのどちらかだ。

そんなのを相手に笑顔でいるのは、すみれにとってもなかなか難しかった。

とはいっても、ある一隻だけ、一人だけは別だった。

「イダ管制、こちらは上海木星防衛公司《シャンハイムーシンファンウェイゴンシー》の重布塵艦『黄帝《ファンディ》』。四時間後に第二種補給のため入港を希望する」

そんな通信が飛びこんできて、すみれは小さく息を呑んでから、上司に報告する。

「室長、軍艦のファンディです。四時間後に入港」

「軍艦ですって？　では黄色態勢よ。みんな、外へ話さないように」

木星公司は中国系の艦隊企業で、イダを含む二百あまりの小惑星を地域防衛している。イダを守ってくれる味方、にあたる存在だ。そういう艦の動きには敵も注目しているから、むやみと外部へ話してはいけない、ということになっている。港自体の警備レベルも上がるため、緑のランプのいくつかが黄色に変わり、同僚たちが緊張した顔になった。

すみれの胸も高鳴っている。でも、それは緊張のせいではない。

「イダ管制よりファンディ、入港を許可します。お帰りなさい」

そう告げると、向こうの声が別人に変わる。

「イダ管制へ、許可に感謝する。お世話になるよ」

通信兵ではない。ファンディ艦長、ヨアヒム・ザンクトガレン中佐の声だ。低く落ち着いていて温かみがある。そういう挨拶を、わざわざ艦長みずからしてくる艦は、ファンデイだけだった。

四年前、すみれが初めて応答を担当した相手が、彼だった。それが当たり前だと思ってしまったので、あとで他の艦がやってきたときには、その乱暴さにびっくりした。

以来何度かファンディはイダを訪れた。彼はいつもそんな調子だった。すみれはいつの間にか、ファンディを待つようになっていた。

ザンクトガレンは大きな図体の軍艦を丁寧かつ大胆に港へ近づけ、一発でパッドに降ろした。礼儀正しいだけでなく、腕もいい男だった。

第二種補給は水と空気と電気に加えて、食料や雑貨も積みこむ、時間のかかる作業だ。それは乗組員が艦を降りて、休んでいくことを意味した。

すみれはそわそわとディスプレイを見て、ワーフの光景に目を凝らす。やがて大勢のねずみ色の作業服姿の中に、鮮やかなブルーの制服姿が現れた。軍艦の士官たちだ。

それが見えただけなのに、すみれは胸が温かくなった。

――あの人と言葉を交わしたんだ。

そのときだった。コンソールの上の三角のちびが、すーっと宙を滑り始めた。

「あっ……ちょっと？」

三角は廊下へ出ていく。監視カメラには階段を下りていくそいつが映る。室長が、いまひとつ事態がわかっていなさそうな笑顔で見送る。

「あら、おちびさんはお散歩？」

「捕まえてきます！」

あわててすみれは後を追う。

三角が向かったのはファンディの入ったワーフだった。ロックされているはずのドアをなんなく開けて、そいつは中へ滑っていく。「こら、待ちなさい！」とすみれは後に続く。軍艦の区画に民間人がいきなり入っていったので、乗組員たちが驚いて振り返る。でも気にしている余裕はない。なにかまずいことをする前に捕まえなければ。すみれは必死で走る。

「待って、ちょっと、こらぁ……！」

広いワーフに入ったとたん、三角はどこかへ飛んでいき、あっという間に見えなくなった。すみれは途方に暮れて立ちすくむ。すると、背後から声をかけられた。

「おやおや、何があった？　お嬢さん」

振り向いたすみれは真っ赤になった。そこにいたのは、あの人だった。

「何か小さなものが飛んでいったな。ロボットかな？　管制室の装置？」

思っていたよりだいぶ若い。まだ三十すぎぐらいにしか見えない。けれど思っていた以上にハンサムだ。目の色は灰色でこめかみに小さな傷。見惚れながら、すみれは失態に気づく。いやだ、さっき叫んで走ってたの、もろに見られちゃった。

「お嬢さん？」

そう呼ばれて、すみれは我に返る。自分、いま黙ってた？　ガン見してた？　うわあ！

「はい、あの、すみません、勝手に入ってすみません！」

大あわてで頭を下げると、相手は笑って、無線端末で命令した。

「各員、艦長だ。管制室のお嬢さんがペットを追いかけて来られた。捜索せよ。見つけた者にはビールをおごるぞ」

ものの一分もたたないうちに、本艦散布ハッチで発見！　と端末が声を上げた。

「さあ、お嬢さん。迎えに行ってやるといい」

「あ、ありがとうございます……」

すみれはぺこぺことおじぎを繰り返してから、彼の指差すほうへすっ飛んでいった。

三角のちびは軍艦の腹の下にいて、すみれが引っぱるとおとなしく従った。笑っている周りの人にも頭を下げまくって、すみれは顔から火が出る思いで逃げ出した。

ようやく人心地がついたのは、自分の席に戻って十分もたってからだった。熱くなったほっぺたを撫で回しながら、息を吐く。

「なんだったの、もう。変なところ見られちゃった……」

三角はチーチーと声を上げている。笑っているみたいだ。すみれはそいつをにらんだけれど、しかめ面も自然にゆるんでしまった。

――あの人と話せた。とても優しくしてもらえた！

思ってもみなかった幸運に、体がふわふわ浮かびだしそうだった。

「あんた、気を利かせたつもりだったの？」

指でつつくと三角はゆらゆらと揺れる。初めてそいつを、かわいいと思った。

「お嬢さん、だって。あんたのおかげ。……あんた、じゃ悪いかな。名前つけてあげようか？」

ちょっとだけ考えて、いいやつを思いついた。

「コンちゃん。アイスのコーンみたいだから、あんたはコンちゃんね」

ふへへへ、とすみれは笑っていたが、同僚に突っこまれてハッとなった。

「スマイル、きみ、ちゃんと挨拶してきたか？」

「……しまったぁ、名前も言ってなかった……！」

頭を抱えるすみれの前で、コンちゃんがチッチとからかうように鳴いた。

ファンディは二日滞在して、夜に出港することになった。例によって向かう先も戦う相手も、秘密にしたままだ。けれども今回はいつもと様子が違った。ずいぶん多めに補給品を積み、なおかつ科学探査船みたいに望遠鏡や測定装置まで搭載していたのだ。

ライバル国家との小競《こぜ》り合いでそんなものが必要になるはずがない。量からいって遠い外惑星へ向かうのかもしれない――なんてことを、補給所のおじさんからすみれは聞いた。

どこへ向かうのでも、何をするのでもいいけれど。

必ず帰ってきてほしい。

前よりもさらに強くそう願いながら、すみれはファンディを送り出す。

「イダ管制よりファンディ。いってらっしゃい、平穏な航行を」

「ファンディよりイダ管制。ありがとう、必ず帰る」

彼の声を残して、軍艦は宇宙へ消えていった。

すみれは席を離れて窓際に立ち、エンジンの輝きを見送った。彼らがどこか遠くへ行くということは、同僚たちにもわかっていて、なんとなくみんなも窓際に並んだ。

すみれはいつにない寂しさを覚える。旅人は、訪れては去っていく。自分だけはここにいて、変わらない。

それだけでいいのかもしれないけれど。

「できればもうちょっと手ごたえがほしいなあ……」

イダの管制所にいつもの平和が戻る。緑のランプと静かな空気。

「いらっしゃい、歓迎します。四番ワーフへどうぞ、おつかれさま」

すみれは膝に三角のチビを乗せて、そう声をかける。

いっぱいの笑顔で——小さな物足りなさを抱きながら。

4

レーダースコープの画面に緑の輝点がたくさん。ある群れはイダへ流れこみ、ある群れはイダから流れ出していく。まるでエメラルドの大渦巻き。すべて宇宙船、それも半分以上が味方の軍艦だ。

小惑星イダの宇宙港管制所は、押し寄せたお客さんをさばくのに、てんてこ舞いになっていた。

「第9エウフロシネ打撃艦隊へ、トラック2セクター5を割り当てます。軌道進入減速どうぞ」

「第203インテラムニア打撃艦隊、停泊期限まであと三時間を切りました。出港準備進捗率を報告してください」

「第66ダビダ支援群、第66ダビダ支援群。第20ヒギエア特別観測艦隊より第一種補給の追加要請です。二十分以内に返信のこと」

「警告、IHDGヨコハママル。貴船は臨時軍用軌道に進入しようとしています。ただちにトラック６へ上昇を」

「第415キュベレイ打撃艦隊、こちらは第７イダ統合出撃基地コントロール、来訪を歓迎します。第二種以上の補給は最速で五十二時間後からになります。諸注意を送付しますので艦隊指揮官の同意サインを返送してください。受信後に当基地にて可能な補給メニューを提示します……」

「ひー」

イダの通信士《オペレーター》、筒見すみれは仕事の合間に悲鳴を上げる。業務用通信免許を取ってから四年が過ぎたけれど、こんなに忙しいのは初めてだった。すみれにとって初めてというだけじゃない。百数十年前にアポロが月へ飛んでからこの方、人類はこんな騒ぎを経験したことがなかった。

こんなこと、つまり、外惑星で宇宙からの敵に攻撃されて、総がかりで迎え撃つなんていうことは。

それは五年以上前から起こっていたらしい。銀経九十・銀緯ゼロ、つまり天の川に対して右手方向へ向けられたレーダーが、おかしな反応を見つけた。飛んでいった人類の探査機が、正体不明の誰かに壊された。それでもっと丈夫な探査機を何度も送っているうちに、だんだん宇宙人の存在が明らかになった。

そいつらは近くの恒星からやってきた移住者だった。宇宙人そのものではなく、言わば家を建てる建設ロボットで、主人たちは後から来るらしい。大きさや形は地球の海に住むウニにそっくり。だからひとつひとつは全然脅威じゃない。問題なのはその数で、最初は単に「計測不能」と報告された。幅一千万キロもの大河となって流れてきたからだ。その流れの先端はすでに太陽系を通り過ぎて百二十億キロも先まで達していたけれど、「本流」が来るのはようやく今年からで、それまでに十兆個のウニが太陽のそばを通過するだろう、なんてことがわかった。

十兆なんて、またべらぼうな。でも工学者に言わせると、それ全部あわせても直径一キロの小惑星程度の質量にしかならない。自動機械を目いっぱい使えば人類にだって同じものを十兆作ることはできる。——ただしそれを延々何年も恒星間へ放り出す気力体力があるかというと、そこはまだまだで、だから感心するべきなのは相手の科学力じゃなくて鉄の意志だ、という話だった。それにしても、たいしたことには違いない。

ウニたちの大河に浸された惑星がどうなるか、教えてくれたのはガニメデだ。月の兄貴分みたいな岩だらけのこの木星の衛星は、今どんどん色が変わっていく真っ最中。ちょうどみかんにカビが生えたみたいに、あちこちに紺色の星型ができている。その正体はウニどもが地殻から精錬したシリコン化合物。放っておけば五十年たたないうちに全体が覆われるだろうと科学者たちが予測した。

ウニたちはビームもミサイルも撃ってこない。攻撃してもほとんど避けもしないし、大気のある星に落ちると燃え尽きてしまう。十兆個のうち九九・九九パーセントは太陽に落っこちるか、太陽系を通り過ぎてそのまま流れていってしまうと計算された。けれど真空中で何かにぶつかると、相手の組成を変質させる。硬いトゲを刺してしがみつき、どんどん食べていく。

これがどういうことかというと、小惑星帯がめちゃくちゃやばいってことだ。そこには大気のない石や金属の塊が山ほど転がっていて、そのうちの数百個は中に人間が住んでいる。十人や二十人じゃない。何億人もの人間だ。

そういうわけで、残りの〇・〇一パーセントを、艦隊が迎撃することになった――って発表があったのが四ヵ月前だ。

それ以来、イダを含む十四の小惑星で「アトランティック・ピケット」作戦が始まった。太陽系中の軍艦を集めて送り出す大仕事だ。

「イダ管制より警告します。第4パラス、第12パラス、第51シルヴィア、第76エウノミア、第80シズビー打撃艦隊ならびに紅海義捐《ぎえん》艦隊の各艦はダクティルとの交差軌道にあります。ダクティルの軌道周期を確認し、回避してください。当小惑星イダには衛星ダクティルが存在します！」

田舎のイダには一日にせいぜい二十隻の入出港をさばく能力しかない。なのに訪れる船は連日百隻以上になったので、残りは港からあふれてしまった。イダの周りを回ってもらい、補給船を出して物資と娯楽を提供する。その補給船と物資も連合軍からの差し回しだ。なんのことはない、イダの役割はただの止まり木というわけだった。ひと休みする船がどこかへ飛んでいってしまわないように、重力を提供してつなぎ止めておくこと。

「重力だけじゃないぞ、イダは労働だって提供してる！」

「別に叫ばなくってもいいじゃない」

イダ地下街政庁前、アヒルとビーバーの泳ぐ噴水広場のベンチ。りきみ返る男性同僚に向かって、すみれは昼食のパンをぽそぽそかじりながら声をかける。

「その労働だって、私たちが出せるのは微々たるものなんだしさー」

イダに百隻の船はさばけない。だったら増強だというわけで、管制塔には連合軍の港湾統制部隊が機材持ちで大挙して入ってきた。その数は二百五十名になんなんとし、二十人ちょいしかいないすみれたちは、逆におまけみたいになってしまった。

「連合の同職さんたち、お仕事ものっそい速いよねー。見てた？　あの人たち一人で八隻同時に回せるんだよ。ありゃーかなわないよ」

「だから余計いらいらするんだっ！　おれたちは家主なんだぞー！」

「まあまあ、落ち着いて。人いっぱい入ったおかげで、残業なしの八時間シフトになったんだから。こうしてのんびりお昼も食べれるし」

すみれはデザートのヨーグルトに取りかかる。牧畜基地からの急送物資だ。戦争が起きたおかげで、新鮮なものが届くようになった。口に入れると豊かな甘み。

噴水前はにぎやかだ。あちこちの小惑星艦隊からイダに降りた、ご当地カラーの制服姿の軍人軍属さんたちが、食事にきている。彼らを当てこんで屋台を出したイダの人間もいる。みんな大繁盛。

「いいじゃない、脇役でも」

チーチーチーと膝の横でLドリンクぐらいの三角コーンが鳴く。すみれが拾ってやったコンちゃんは、いまだにペットみたいに後をついてくる。

「裏方だって必要よ。出て行って戦う人のために、地味に頑張る人間が……」

そう、裏方はとっても大事。すみれは自分に言い聞かせる。表の人たちが活躍できるのは、裏がしっかりしていればこそだ。目立たないけど大事なものが、宇宙にはたくさんある。オペレーターとか整備員とか、部品の点検官とか戦艦に指示をする水先案内人とか……。

うん、自分だけじゃない。この宇宙はきっと、たくさんの裏方たちが回しているんだ。スポットライトを浴びないだけで、見方を変えればこっちこそが表なのかも――。

「あれ、おチビさん行っちゃったよ」

「え」

物思いしていたすみれは我に返る。同僚が指差した方向へ、三角コーンが勢いよく飛んでいく。あわててヨーグルトの空き瓶を片付けて彼を追う。

三角コーンが向かった先では、よく目立つ集団が広場の真ん中で噴水を占領していた。マイクを手にした女性インタビュアーと双眼《トライヴィド》カメラを両肩に担いだカメラマン、そして撮影スタッフご一行。都会のセレスから乗りこんできた放送局の人々だ。

インタビュアーの相手は、水盤を背にして立つ華麗な制服の艦隊幕僚だった。

「飛来物体を掃討するのはどんな感じですか？」

「楽なものですよ。相手は高速なので、前方に砂を撒くだけで燃え尽きてしまいます。私たちは布塵作業と呼んでいます」

「何かひとこと、意気込みをお願いします」

「太陽系市民のみなさん！　私たちが平和をお守りします。ご心配はいりません！」

どこの艦隊の人か知らないけれど、何かかっこいいことを言っている。さすがは一線の軍人さんだ。周りは野次馬でいっぱい。実はさっきからすみれも気になっていた。

そこへ三角コーンが突っこんでいき、幕僚の周りをひゅんひゅん飛び回った。あっという間に撮影は大混乱になる。

「うわっ」「なんだ、これは」「警備、警備！」「捕まえて！」

「すみませんすみません！」

すみれは叫びながらその中に飛びこんで、三角コーンをキャッチして駆け抜ける。なんだあいつは！　と後ろで大声がした。

勝手知ったるイダの街中をしばらく逃げ回って、すみれはようやく足を止めた。はーはーと肩で息をしながら、三角コーンを覗きこむ。

「なんだっ……てのよ……もう」

コーンの先端に二つの目が出て、くるくると笑ってみせた。すみれは怖い顔でにらみつける。

「ああいうことはしちゃだめなの！　人に迷惑をかけない！」

コーンはすみれの目の前に先っぽを突きつけてゆらゆらと振動する。これは、なんでだよう、と抗議しているときの動きだ。かまわず両手でがっしりコーンを握って、にらめっこに持ちこむ。

「だめと言ったらだめなの。理屈じゃないの！　今度いたずらしたら宇宙へ放り出してやるからね！」

チーチーとコーンは鳴く。それだけはやめてと言ってるみたいだった。

この三角は船籍番号を持っている。港のコンピューターに言わせれば彼は停泊中の船だ。その稼動状態ファイルに正式に「母港：筒見すみれ」と書かれているのをすみれは見てしまった。いつの間にか母にされていた。

気になって整備の人に見せたら、目の色変えて興味を持って、分解させてくれと言ってきた。その人はコーンの行動や出所よりも、つかんで押してもびくともしないってところを気にしていた。けれども、壊してしまうのはかわいそうだから分解は断った。コーンは上着掛けになったり夜道で守ってくれたり、意外に便利で頼もしい。とりあえず、電波が出てないことだけは確かめてもらった。誰かの覗きカメラなんかじゃないみたい。

そんなわけですみれはコーンが好きだった。じきににらめっこをやめて抱き寄せてやった。

「はいはい、私があの人たちを見てたから、気になったのよね」

チーチーチー、と嬉しそうに鳴いて、またゆらゆらと揺れるコーン。彼をわきに抱えて、すみれは時計に目をやった。

「さて、お仕事戻ろうか。いま何時？」

すごい時間だった。三角コーンを小脇に抱えて宇宙港へ走り出した。

5

「第326フォルトゥナ照射艦隊、出発を許可します。規定距離を取ったのち主機点火してください。――いってらっしゃいな、頑張って」

「326了解、余計な気遣いはいらない。交信終了」

いつも通りにっこり笑ったら、仏頂面《ぶっちょうづら》で返されて、すみれは顔が引きつった。

これだから軍艦は。

また新しい艦隊がイダを離れていく。いくつめの艦隊か正確にはわからないが、きっともう二百は越えただろう。さすがにそれだけ数をこなすと、イダ管制のメンバーもすっかり忙しさに慣れて、正規の交信の合間にひとこと送るぐらいの余裕が出てきた。

「第66ダビダ支援群、一五〇〇までトラック2で待機。ねえ、326のオペレーターってなんであんなに機嫌悪いの？」

「イダ・コントロールへ、66ダビダ。一五〇〇までトラック2で待機する。326の旗艦で一人脱走者が出たって聞いた。そのせいかどうか知らないけど」

「きっとそれだ」

照射艦隊の任務って脱走者が出るぐらい危ないんだ――すみれは彼らの任務を思い浮かべようとする。だが、うまく想像できなかった。強力なレーザーでウニたちを焼き払う作業だっていうのは聞いていたけれど。

照射艦隊に限らず、ウニ退治の艦隊の戦果はあまり報道されていなかった。市民が不必要に興奮するのを防ぐため、と連合は説明している。一体どうなってるのと女友達から聞かれたけれど、実は港湾管制のすみれたちもよく知らなかった。戦線に出ていった艦は別の港へ向かうものもあるから、すべてがイダへ帰ってくるわけじゃない。というよりも半分以上はよそへ行く。帰港した艦の人々も疲れていてあまり話してくれない。残念だなあ、とすみれは思う。

インタビューを受けて、どんどん広報すればいいのに。そうしたらみんなも安心するだろう。

イダはうっすらとした不安の雲に包まれている、ようにすみれは思う。もちろん、それは雲なんか実際に見たことはない。そういう気象現象は小惑星地下都市には存在しない。修辞の問題だ。それでも、イダの人々の間に広がっている落ち着かない空気は、雲みたいだと言ってよいと思うし、イダだけではなく大きな都会の星のほうまでそうなっている気が、すみれはするのだった。

実際には、イダに一年間に一個のウニがぶつかる確率は、〇・六パーセント以下だという。十兆個が一千万キロの幅で流れてきても、〇・六パーセント。太陽系はそれだけ広い、と科学者は言ってくれるのだけど、感覚的にはさっぱり納得がいかない。どう感じればいいのかわからない。それも不安の根源だ。

だから、イダでは誰もがそのことを口にしない。それを掃除するためにみんなが働いているのに、誰もウニのことを話さない。パン屋さんはパンを焼き、学校の先生は公式を教え、スターボール選手はダンクシュートを決め、軍艦は予定通り出ていって、オペレーターは笑顔で見送る。まるで何も起こっていないみたいな不思議な景色。

ただしパン屋はパンを焦がし、軍艦の乗員はいらいらしている。

「ああん、ミラーボールがまた壊れた」

シャープ室長もげんなりしている。この人の場合、いらいらはしないけれど泣きが入る。

「誰か見てくれないかしら。スマイルあなた、ひま？」

「あんまりひまじゃないですけど」

「それでもお願いよう。私がそっちを見るから」

はいはいとすみれは席を移る。ミラーボールは他の星と通信するのに欠かせない、全方位レーザー通信受光器のことだ。イダから少し離れた空間に置かれている。この機械の特徴は、普通のパラボラアンテナと違って、どんな方向から送られたレーザーでも受信できることと、常に二軸でぐるぐる回っているので、年に何回か必ず壊れることだ。

すみれは決められた手順で修復に乗り出す。まず予備機を起動してバトンタッチ。故障機に命じて動作ログを送らせる。室長がちらりと覗いてくる。

「ね、おかしいでしょう」

「なんか断続ですごいノイズ出てますね」

「回るものだから。どこかすり減ってゴリゴリ当たってるんだと思うわ」

ブッブッブッ、とすみれのレシーバーに規則的な雑音が入る。回るボールの仕業にしてはゆっくりした周期だ。

「あれ、いつもの故障じゃないんだ」

コンピューターにログを分析させると、見たことのない壊れ方だと答えた。回転周期とノイズの周期が一致していない。ノイズがどこから出ているのかわからない。というよりも発生源はボール本体じゃないみたい。ん？　ということは、これは？

「室長室長、これ発信源のほうが回ってるんじゃ？」

「え？　でもただのノイズよ、信号は乗ってないって」

「だから。信号乗せられなくて、レーザー撃ちっぱなしでぐるぐる回ってるのかも」

「そんなの変よ、狙って回転面を合わせない限り、レーザーなんて当たるものじゃ……」

「狙ったんじゃないですか？　一義に決められなくて。仕方なく掃引、みたいな」

すみれは言葉を切って周りを見る。いつの間にか、管制室中の人間がこっちを見ている。本人もうすうす自覚していたけれど、すみれが言っているのは、つまりこういうことだった。

どこかの誰かがイダに合図したがっている。でもその人はイダの位置が大体しかわからない。詳しい事情を話すこともできない。なので灯台のように強力な電灯をつけてぐるぐる回っている。回しているうちにこちらが気づくことを祈って。それをこちらでは受信機の故障だと誤解した。

次の瞬間、連合の管制官チームがわっとばかりに騒ぎ始めた。

「方探！　方向探知！」「周期と強度は？」「それより軌道の艦隊に連絡だ、きっとどれかの艦が回転面に当たってる」「ちょっとあなた、そのログこっち流して！」

「あ、はい」

彼らの気迫に押されるみたいにして、すみれはログを連合チームに渡した。

それからわずか八分五秒で、発信源の方向と距離が算出された。救助艦が急行して、事故船を助けた。

「ヒスイさん、救助艦の通信を最初に聞いたときのお気持ちは？」

「Beautiful! 天使の歌声だった。あれほど美しい音を聞いたことはなかったよ。涙が止まらなかった」

「ホーシさん、待っている間のお気持ちを」

「悔しかったね。これきりもう歌えないのかと思うと。実は助かる直前まで新曲を作っていたんだ。遺作にするつもりだった」

「それはぜひ聴きたいですね！　発表のご予定は？」

「それはタイトルが決まってからだ。タイトルはぜひ、おれたちのレーザーを拾ってくれた——」

ぽち、と男性同僚が3DV《トライヴ》のチャンネルを変えたので、ロックデュオ「ホイッスラー」の二人は画面から消えた。けれどどこの局もネタは同じだった。ヒスイとホーシのプライベートクルーザー、ホイッスラー号が、航行中に運悪くウニにぶつかったこと。気づかないでいるうちに外板を侵食されて航行不能になったこと。コンピューターも通信機もやられ、事実上遭難してしまったので、勘を頼りにイダのありそうなあたり目掛けて、レーザー発信器をぶん回したこと――。

「ほとんど奇跡だよな、これ。よく助かったもんだ」

イダ管制塔の小さな休憩室。地元組の最後の砦みたいになったその部屋で、鈍い紫色に光る、いびつな二枚貝のような姿になってしまったホイッスラー号の映像を見つめて、男性同僚が言った。

「よかったよね」

うなずきつつもすみれの心は晴れない。逆にいやな想像に押しつぶされていく。

「宇宙船なんてたかだか百メートルかそこらだよね。五十六キロあるイダよりずっと小さい。それなのにウニに当たっちゃうなんて、よっぽど運が悪かった――んだと思う？」

同僚はしかめっ面で爪の先を見ている。シャープ室長も困ったような顔だ。

同僚がぽつりとつぶやいた。

「よっぽど運が悪かったか――でなければ、ぶつかる確率が上がったか、だよな」

「でもあの人たちの運が悪いわけがないわね」

室長が真顔でそう言った。

6

ウニ退治のことをどんどん広報すればいい、そうしたらみんなも安心するだろう。すみれのそんな希望は間もなくかなえられた。中身は全然希望通りじゃなかったが。

「太陽系のみなさん、上海木星防衛公司《シャンハイムーシンファンウェイゴンシー》のヨアヒム・ザンクトガレン中佐です。本日、私はある現象の発見者として、みなさんに深刻なお話をすることになりました。それは、銀河腕由来飛来物体、いわゆる宇宙ウニたちが、太陽光を受ける小さな帆を展開して、わずかだが進路を変えるということです。詳しく申し上げると――」

休憩室の３ＤＶに出た発言者と発言内容の両方にびっくりして、すみれは口に入れようとしていたお弁当のミニトマトを落っことした。

これまでの調査では、人間が捕獲したウニたちはロケット噴射口を持っておらず、単純にまっすぐ流れてくるだけで、動かないと思われていた。

けれどもザンクトガレンの艦『黄帝《ファンディ》』は、ウニたちの流れの上流へ遡り、連中が変化しつつあることを見つけた。彼らは、たぶん先に太陽系を通り越した仲間の報告を受けたのだろうけど、自分たちのほとんどが目的地に到着できないということに気がついた。それではいけないと発奮して、ロケットなしでコースを変える方法を編み出したのだ。

その方法はほんの気休めのようなもので、相当手前から相当念入りにやったとしても、狙い通りの場所へいけるわけではない。いきなりすべてのウニが地球の月へどさどさ降って来るような事態にはならない。

けれども、それまで〇・〇一パーセントだった有人天体への到着率が、〇・一パーセントに上がるという。

つまり、十億体だった危険ウニが百億体に増える。

「率直に申し上げて、民間人に被害の出ることが避けられない情勢になってきました。みなさんにも腹をくくっていただきたい。われわれは全力を尽くし、必要とあらば艦を盾にしてでも町を守りますが——」

3DVの画面が突然切り替わって、連合軍の軍艦のVTRが映った。おかしなタイミングだった。じきにまた人間が映ったけれど、彼ではなくてスタジオのキャスターと解説員だった。

同僚が苦笑いする。

「あー、黙らされた。やばいこと言っちゃったな」

すみれはキャスターから目を背けて、天井を見上げる。灰色の瞳に真剣な色を浮かべて語りかけてきた、こめかみに小さな傷のある艦長を思い出す。

「あの人、そんなお仕事してたんだ……」

それからもしばらくは何も変わらなかった。イダのパン屋も先生も選手もすみれも、いつも通りに焼いたり教えたり決めたり見送ったりした。

けれども、太陽系全部がそういうわけでは、なくなってしまった。ホイッスラー号を襲ったような事故が増え始め、あちらの宇宙船が、こちらの小惑星が、ウニに捕まってメイデイを打つようになった。すみれたちは三日に一度はそれを受信していたが、じきに毎日になり、シフトのたびに受けるようになった。コントロールタワーにウニ被害受信担当者が置かれて、すぐにウニ被害地域対策本部がそれを吸収した。対策本部は港湾部の古いタグボートと軌道清掃船を接収して、地表に落ちた飛来物体の早期除去作戦、つまり「ウニ拾い」を始めた。ウニ拾いはすぐ手が足りなくなり、市民にも協力が求められた。自治会や会社で当番が決められた。みんなが交替で、宇宙服を着て小惑星の表面を見回るようになった。まるでずっと昔、大河の堤防がある村で、嵐の夜にやっていたみたいに。……ザンクトガレンの言ったとおりだった。イダを覆うのは、もう漠然とした不安の雲なんかじゃなくなった。気を抜けばやられる、もし見逃したら自分たちの町を食べられてしまう、というピリピリした緊張感になった。

コントロールタワーのすみれたちも点の数でそれを感じる。レーダーに映る、緑の点だ。それは今でも、一見たくさん映っている。けれども何かのきっかけで半年前の記録に目を通したりすると、今よりずっと多かった光点の数にうそ寒さを覚えたりするのだった。ほんのちょっと前までは、こんなに味方の艦がいたんだ……。

連合艦隊は何をやってんだ、という声はずっと前から上がっていたのに、かなり時間がたつまでリアクションはなかった。けれどもある時、それまでの沈黙が嘘みたいに、軍はどっと情報を吐き出し始めた。それでみんなびっくりしたのが、実行された作戦の数だった。初期のあの「アトランティック・ピケット」作戦を始め、「ダストボウル」作戦、「キャッツ・フット・プリント」作戦、「イグナイター」作戦、「ホーリーバランス」作戦などなど、百以上もの作戦が手を変え品を変えて実行されていた。みんなの知らないうちに、軍は軍で頑張っていたのだ。

今まで非公開だった理由は、それらの作戦全部をあわせても、まだ八千万とちょっとの敵しか倒していないうえ、ウニとの衝突や事故などでかなりの損害が出ていたからだ。それが連合艦隊内部で責任問題になり、人事がごっそり入れ替わって、トップが新しくなったために表へ出てきたのだった。そしてその新しい態勢では、それまで実力を発揮できなかった若い人がたくさん進級して、陣頭指揮を取るようになった。その中に、ヨアヒム・

ザンクトガレン准将の名もあった。

彼は宇宙の人類施設それぞれに、氷でできた盾を配備してウニを防ぐという新しい作戦、「ルーフトップ・コンデンサー」を立案して、三十三歳の若さでその司令官に任命された。

それと同じ日、すみれも昇進してしまった。

「ダクティルへ行ってちょうだい」

「は？」

いつもの席で仕事中、やぶから棒にそう言われたので、すみれはぽかんとしてシャープ室長を見上げる。

「ダクティルって、あのダクティルですか？　上を回ってる」

すみれは頭の上を指差す。イダの衛星である差し渡し一キロ半の岩の塊には、確か通信施設ぐらいしかなかったはずだ。

「あのダクティルよ。あそこに廃艦や修理待機艦のデポを作るの。うちはもう、いっぱいですからね。もちろん朝夕のバス代はこちらで持つから、心配しなくていいわよ」

「毎日行って帰ってこられるんですか。それなら別にいいですけど……」

「いいのね？　それじゃあお願いよ、スマイル分室長」

「え？」

すみれは思わず聞き返す。

「ちょう？　ちょうって、チーフですか？　いやだちょっと、それはまずいです、私は人の上に立って柄《がら》じゃ」

「安心して」

室長が、仕事疲れのやつれた顔で、かろうじてにっこり笑った。

「部下は、いないわ」


掃討作業で損傷した軍艦や輸送船がイダに戻る。修理不能だったり価値が低かったりするものは港に置いておけない。かといってそこらに放っとくと邪魔になるので、ダクティルへ回航される。そこでスクラップ業者が引き取りに来るまで静かに待つ。

すみれはそこの番人になった。

「はあい、ダクティルデポへいらっしゃい。木星公司の『神農《シェンノン》』号さん？　全損？　どうもお気の毒様でした。Eの90番に止めてくださいねー。核炉・電装・計算機は全部落としといてください。中に生モノないですね？　腐っちゃいますからね。手順が済んだらA0のショップへ来て書類かいてくださいね。イダへのシャトルバスは毎正時に出てます。――そこらへんの船から使える小物をねこばばしてこうなんて考えないでくださいね、ちゃんと見てますからね」

来る人来る人、どんよりした人ばかり。それはそうだ、慣れ親しんだ艦が壊れてしまったのに、にこにこ笑ってる船乗りがいるわけがない。

そんな人たちに事務的に挨拶して、釘を刺す。こちらも楽しくなるわけがなかった。

「はぁー……」

仕事の合間に、すみれはため息をつく。

「世の中に裏方は必要だけど……必要だけど……これはちょっと……」

岩山のようなダクティルの地表に置かれた、気密コンテナ事務所の片隅だ。中古のユニットをどこかから持ってきたので、すみれ一人しかいないのに机は何個もある。がらんとしていて殺風景。せめてもの潤《うるお》いにと、自宅から毎日持って来ている切花が、あざやかすぎてかえって目に痛い。

「地味すぎ」

ぐてんと机に頭を乗せると、三角コーンがチーチー鳴く。すみれはコンちゃんを手で軽く叩く。

「ああほんと、あんたがいてくれてよかったよ。私一人だったら三倍早く老けてたと思う」

チッチッと楽しげにさえずって、三角コーンが手にすりよる。

かと思うと、ピッと聞き慣れない鋭い音を上げて飛んでいってしまった。エアロックに入って扉を閉める。

「あれ、コンちゃん?」

エアロックをうっかり全開にしたら部屋の空気が抜けてしまう。だから電子錠で閉ざされているはずなのに、表示板には外扉が開いたという文字が出た。どうやったのか、小さなコーンは自力で出たらしい。

どこ行っちゃったんだろう、と首をひねっていると、いきなり甲高い呼び出し音が鳴ったのですみれは驚いた。事故などの時に使われる無線の緊急コールだ。受信機に飛びついてボタンを押した。

「はい、こちらダクティルデポ! どうしました?」

助けてくれ、と言われると思った。

けれどそうではなくて、無線機の向こうからは大勢のため息のような音が聞こえた。

「人がいたか……!」

「あの、どうしました?」

すみれが戸惑ってそう聞くと、どこかで聞いたような声が言った。

「これからとても大事な話をするので、よく聞いて、質問せず言うとおりにしてほしい。私は軍艦『黄帝《ファンディ》』の艦長だ」

あの人だ――! とすみれは息を呑む。「ルーフトップ・コンデンサー」作戦は順調に成果を上げて、今ではみんなにウニ防御の決定打と思われていた。それを指揮するザンクトガレンの人気はうなぎのぼりだ。

けれども彼が伝えてきたのは、ちっとも嬉しくない知らせだった。

「われわれは三日前からイダの防御を開始し、飛来物体を防いだ。ところがここでは敵の生き残りがまた変異を遂げ、これまでより高い確率で人間の施設を狙うようになった。われわれのせいでイダに手が出せないためだと思うが、連中はすぐ近くにある別の施設に狙いをつけた。ダクティルのことだ」

ごくりと唾を飲む音がして、

「ダクティルは二十四分後に、六十万体のウニの群れに襲われる。あなたがたは今すぐ、ただちに避難してほしい。今から教える恒星の方向へ、可能な限り強力な噴射で逃げるんだ。それ以外に助かる方法はない」

「えっ」

すみれは頭が真っ白になる。ここには宇宙服一着あるだけで乗り物はないし、頼れそうな仲間もいない。バスは十分前に出たばかりだ。

相手は恒星の座標と見つけ方を告げる。とりあえず機械的にそれをメモしてから、すみれは思い切って言う。

「あのっ、噴射といってもガス銃しかないんですけど！　ここにはいつもバスで来てて！」

大勢の人間の黙りこむ気配が、無線機越しにわかるというのは、いやな気持ちだった。

「……とにかく、伝えたとおりにしてほしい。あと二十二分」

「は、はい」

すみれは律儀に無線の電源を切って、宇宙服のロッカーに飛びついた。

減圧準備のいらない硬式服が入っていてほっとした。大急ぎで着替えて外へ出る。言われたとおりにガス銃を全開で噴くと、時速六十キロぐらい出てしまった。一時間でイダの反対側まで届いてしまう速度だ。こんなに急ぐ必要あったのかな――と思って進路と直角方向の頭上を見ると、息が止まった。

異様に近くて明るい星空。いや、それはもう星じゃないとわかる。太陽の光を反射しているわけでもない。あるかないかの黄道塵との摩擦のせいで発光しているのだ。降りそそぐウニの流星雨だ！

頭上を覆った光点の傘が近づく。それを見ているうちに、向こうが近づいてくるのかこっちが流れているのかわからなくなった。拡散していく光の粒の大群の中へ、昔の映画に登場する宇宙船よろしく、すみれはゆっくりと回転しながら猛スピードで突っこんだ。

「うわ、うわわわ」

流星、と感じたのは正しかった。すみれはそれを映像でしか見たことがなかったけれど、まわりを通過する光の点は、まさにそれほどのスピード感だった。ウニの速度を聞いたことがある。太陽系に対して秒速八十キロ。一秒間に八十キロだ！　指先ひとつかすっただけでも全身が蒸発してしまうだろう。そんなものが音もなく空間を貫いていく。

回るにつれてイダが見える。そっちは無事みたいだけど、自分の出てきたダクティルは、片方の面だけ衝突の火花に覆われて、ぼうっとかすんでいた。ああ、あそこにいなくてよかった、とすみれはぼんやりと思う。

そういえばコンちゃん、どこいったんだろ。

ゆっくりと自転して飛来するウニ群の放射点を向いたとき、チカリと小さな点のような光を見た。何かで読んだことがある。点のようで流れないのは、まっすぐこちらへ来ているやつ。

あの星は私を狙ってるんだ。

すーっとそれが明るくなる。時間にすれば一秒以内。だけどそれを、何十秒にも感じた。

突然、とてつもない後悔が襲ってきた。なんでさっき告白しとかなかったんだろう！

当たる！　――と思ったとき、光の大爆発が起こって目の前が真っ白になった。

「きゃあっ……！」

思わず悲鳴を上げて顔をかばう。なぜか吹っ飛んだり蒸発したりはしなかった。すみれはまだ生きていた。ただ、目の奥が真っ白から真っ赤になってきて、刺すように痛んだ。

「な、何、これ……」「大丈夫か!?　いま本艦の主砲できみのまわりを掃射した」

直接助けに来られないので、レーザー砲でウニを焼いてくれたらしい。それなら、命が助かっただけでももうけものだ。というよりも、よく当てられたものだ！　軍艦の主砲でちっぽけな人間ひとりを助けるなんて、針の穴に糸を通すような砲撃だ。

まぶしさのせいで両目から涙を流しながら、すみれはつぶやく。

「大丈夫です。ありがとうございます、ほんとすみません……」

「礼は砲手に言ってやってくれ」

ザンクトガレンはそう言ったあと、部下にでも聞いたのか、思い出したように言った。

「きみはイダのオペレーターだったんだな。これはいつも世話になっていたお礼だよ」

素性がばれてた。――宇宙服のヘルメットの中で、すみれは真っ赤になる。言うなら今しかないと思って叫んだ。

「ザンクトガレン艦長、あの」

「どうした？」

「好きです付き合ってくださいっ！」

無線がまた静かになった。今度の沈黙は明らかにさっきとは意味が違ったけれど、気にしていられなかった。深呼吸して、一番肝心なことを、告げようとする。

「私の名前は――」「ウニ第二陣、接近！　四十秒後です！」

誰かの大声のせいで、すみれの告白はぶち壊しになった。他の場合なら怒るところだけど、口を挟める状況じゃない。主砲いけるか、励起間に合いません、副砲撃て！　と殺気立った声が聞こえる。

もう一度、閃光弾をいくつも投げつけられたみたいに、周りが光った。すみれは固く目を閉じ、意味がないとわかっていても両腕でヘルメットをかばう。すぐに聞きたくもない言葉が聞こえた。

「だめですね、艦長。火力が足りない……」

そうか、だめか。

喉元に何かがこみ上げて、目頭がツンと熱くなる。目を閉じたまま、すみれは体を丸める。あと何秒で死ぬんだろう。せめてその前に返事を――。

「ううん？」「何……あれ」

聞こえてきたのは、またしても他の人の嬉しくない声だった。ちょっともう、とすみれは苦情を言いたくなる。

そして異変に気づいた。

「漂流者の真上だ」「敵を防いでる……？」「大きい、いや膨らむ！」「おお……!?」

軍艦とは思えない大騒ぎが聞こえてくる。真上？　自分もそちらを見たいが涙のせいでよく見えない。ぶるぶる顔を振ってまばたきをくりかえして、ようやく見えてきたのは――

――。

頭の上に、三角形の屋根ができているということだった。できているというか、するすると伸びていくというか、見えないトンネルからどんどん出てくるというか——最初、ほんの小屋程度だったその物体は、みるみる拡大して巨大な天蓋になっていった。

その「何か」は、横たわった巻貝によく似た円錐形をしており、じきにイダとダクティルの両方に差し掛かるほど大きくなった。物体の表側は、すみれのいる側からは見えなかったけれども、多数のウニの直撃を食らって、豪雨のときの道路みたいに盛大に波立っていた。

「何!? これ……」

すみれはあんぐりと口を開ける。それがどういうものなのかさっぱりわからなかった。ただ、それをなんと呼べばいいのか、自分が知っていることにすみれは気づいた。そこで、おそるおそるそれを呼んでみた。

「コン、ちゃん？」

チーチー、と無線機に音が入った。

次の瞬間、その円錐コーンは、全長四十キロを越える物体としては信じられないほど軽やかに身をひるがえして、宇宙の闇の中へすっ飛んでいった。——ウニたちが降ってくる方角へと。

それきり、巨大な三角コーンの姿は消えた。時間にすれば十秒以内のできごとだった。

ウニの流星雨も終わっていた。晴れ上がった宇宙に浮いて呆然としていたすみれは、言わなければならないことがあるのを思い出して、叫んだ。

「――ザンクトガレン艦長！　私、私は……」

「あ、ああ。きみは？」

「イダの」ぐっと息を呑みこむ。ラブシーンやってたら間に合わない。「イダの管制官です！　い、今の物体が去った方角を記録して、教えてください！」

返事は、少し遅かったような気がした。

「わかった、記録した。――これよりあなたを救出する。そのあとで、記録を伝えよう」


軍艦の作戦行動は今でも基本的に公開されていない。古巣のイダの管制室の人々は、ぼこぼこの穴だらけになったダクティルの映像だけを目にして、てっきりすみれが死んだものと思っていた。『黄帝《ファンディ》』に救助されたすみれは、みんなが泣いている中にひょっこりと帰り着いた。みんなは幽霊に出くわしたような顔になった。シャープ室長はうろたえて机ひとつひっくり返した。

それでも、その日の夜は、おめでとうパーティーになった。

すみれはにぎやかな席でみんなに囲まれて笑った。けれども心の中では、二つのことを気にしていた。

ひとつは、自分を助けた『黄帝《ファンディ》』艦長が、目を合わせてくれなかったということ。

そしてもうひとつは、宇宙の彼方へ消えてしまった小さな人なつこい三角コーンが、一体なんだったのかということだった。

7

無機物を食い荒らして、なんの役にも立たない紫色の結晶に変えてしまう銀河腕由来飛来物体、通称「宇宙ウニ」の存在が公表されてから一年半後。人類が住むたくさんの小惑星のうち半分は、氷の分厚い盾を備えていた。

連合艦隊の作戦「ルーフトップ・コンデンサー」が間に合った星は、ウニを防ぐことができたけれど、残り半分の星は、失敗して紫色の固まりになってしまった。住人たちは残った星へ移住して、どうにかこうにかやりくりしていた。

そのときまでに太陽系を通り過ぎたウニはおよそ十三兆個。けれど望遠鏡で上流を眺めた科学者たちは、ウニの大河があと五十年は流れてくると予告した。宇宙人どんだけ根気強いのか。五十年も流れてきたら小惑星のほとんどがウニに取られてしまう。人々の多くはがっくり意気沮喪《そそう》して、もうウニの来ない地球へ帰ろうか、なんて考え始めていた。

実際それは悪くない考えに思えた。地球にはいろいろなものが残っている。美しい自然、歴史ある町並み、おいしい食べ物、可愛い動物たち、温かくて快適な（ときには冷たくて刺激的な）、酸素たっぷりの空気と水。豊かな緑に包まれた球世界《スフィア》。

宇宙の過酷な環境に慣れた人間にとって、屋外で裸で寝っころがっていても、季節によっては風邪すらひかない、という地球のゆるい環境は魅力的だった。

そろそろ帰ろうか、とみんなが言い出した。おれたち、頑張ったよ。もうそろそろ田舎へ帰ってもいいじゃない。いつまでも意地を張ってないでさ。懐かしき故郷へ！

「ばぁーっか言ってんじゃねぇよ！」

と、はなっから罵倒し倒したのは誰だ、誰だ、誰だ。

ステージの上に躍る影！

「地球へ帰るだあ？　てめーら一体なんのために宇宙へ出てきたんだ！　狭苦しくて、せせこましくて、常識としがらみと環境汚染とイデオロギーに縛られた、あの古臭い人間社会ってものがイヤんなったから出てきたんだろーが！」

ずばーん！　と吹き上がるドラゴン花火とレーザーイルミネーションを背にして、ロックデュオ「ホイッスラー」の二人がシャウトする。

「自然がなんだ、歴史がなんだ、動物がなんだ！　そういうのは年寄りに任せとけ！　宇宙は自由だ。法律も道徳も、人種も性別も関係ねえ！　正しく飛べば届き、間違って壊せば死ぬ。シンプルな世界だ！　何もいいものがないだろうって？　愛があるじゃねえか！　人がいて、男と女、男と男、女と女がいて、助け合う、愛があるじゃねえか！　愛と自由だ！　宇宙には愛と自由がある！　何が不満だ？　地球へ帰れチキン野郎ども！」

二人が新曲「ヘッドセットの天使を探して」を引っさげて、ぶっ壊れてしまった前の豪華なクルーザーの代わりにおんぼろの輸送船で始めた惑星間ツアーは、ただいまネットと全太陽系窓口でチケット完売が続出する大ヒットになっていた。

地球へ帰ろう、というムーブメントは一定の盛り上がりを得たけれど、みんなを巻きこむところまではいかなかった。いったん地球を出た人類は、おもちゃ箱から飛び出してしまったおもちゃたちのようなもので、もとの箱にぴったり収まるのはもう無理だった。

もとより人間はたくさんの難問を解決して宇宙へ出てきた。すぐ爆発するロケットを苦労して改良し、道楽や無駄遣いと言われながらも予算を集め、デブリで汚れてしまった軌道を地道に掃除して、一番の敵、人間同士の争いをも乗り越えてきた。宇宙ウニの出現は、そこへまたひとつ苦労が加わっただけの話だった。

「ルーフトップ・コンデンサー」作戦はひたすら防御に徹する手法だ。地味でぱっとしたところがない。

けれどもウニには有効だ――ウニは無機物を変質させてしまうけれど、氷の盾はどういじられたって水素と酸素、あとオゾンと過酸化水素ぐらいにしかならない。これにウニが衝突すると水蒸気爆発が起こるけど、放出ガスが盾自体の重さで引き寄せられて、再び固着する。修理も増設も簡単だし、材料の氷小惑星はたくさんある、というわけで――ウニ対策の主柱となった。これにレーザー防空や核ミサイルなどを加えることで、たとえウニが永久に降りそそごうとも、なんとか成長を回復させる見通しがついた。

そうやって宇宙の人々が、粘り強く文明を維持していこう、というしっかりした覚悟を固めたころだ。

ウニが挨拶してきたのは。

8

発見したのはイセタンHDグループの貨物船ヨコハママル。木星圏へと次の年の春物を運んでいく途中、ウニの集合群に遭遇した。「集合群」というのは、ウニの大河の中でも、なんらかの理由でウニたちの密度が濃くなっている部分の総称で、その度合いによりクラス1（太陽風などの擾乱《じょうらん》により自然に発生した群）から、クラス6（移動可能なすべての物体が集合し、人類の大型施設を標的としていると明確に認められる群）まで分けられている。このときヨコハママルが見つけたのは、それまでの分類で言えばクラス5だった。

ただしその目的はそれまでと全然違った。

そいつらは人文字《ウニ》を作っていた。

『 HELLO SORRY MAKE FRIENDS 』

ウニの群れが宇宙空間にアルファベットの横書きを作って整然と流れてきた。見つけた船長は、まずレーダー手の冗談を疑った。次にレーダーの機械そのものの故障を疑った。最後に望遠鏡を覗いて肉眼で確かめると、自分の正気を疑った。

幸いどれも正常だった。

幅一千万キロのウニの大河の五千数百ヵ所でいっせいに、ウニたちがメッセージを送り始めていた。同時に、それまで太陽系のあちこちでせっせと侵食作業をつづけていた到着済みのウニたちが、ぴたりと活動を停止した。さらにまた、一二六・二メガヘルツという宇宙港管制周波数のど真ん中でも、合成したらしい音声を使って同じ内容の放送を始めた。

『こんにちは　ごめんなさい　お友だちになってね』

小惑星イダの宇宙港管制室でもそんな声が受信機から流れ出して、通信士《オペレーター》たちが啞然としていた。その声がとんでもない出力でチャンネルを占領し続けるので、一般の宇宙船との会話が壊滅状態になってしまった、という事情もさることながら、音声の声質が人々を驚かせていた。

『私たちはウニ　うっかりしていました　戦う気はないの　謝ります』

みなの視線が集まる中――オペレーターの筒見すみれは、真っ青になって冷や汗を流していた。

なんで私なの。ほんとなんで？

ウニたちの声は、言語も性質も抑揚も、すみれのそれにそっくりだったのだ。

「スマイル、あなた」

後ろから声をかけられて、すみれはビクッと振り向く。いつもにこにこしているシャープ室長が、不思議そうな顔で頭上をくるっと指差した。

「これ、どうやったの？」

「しっ、知りません！　やってません！　私、全っ然わけがわかりません！」

「それもそうねえ。スマイルにはこんなことをする、スキルも動機も時間もないものね」

「できたら人類征服できるレベルですよね、こりゃ」

男性同僚がしみじみと同意してくれたので、すみれは少し安心した。

そんなわけで、イダの管制室では、うちのオペレーターとウニの声が似ているのはただの気のせいである、という暗黙の了解ができた。

世間の上のほう、つまり艦隊や連合政府は、ウニに対して儀礼と権威で盛りに盛った、十万語の堂々たる公式初回コンタクト文を送った。世間の真ん中のほうは、今さらごめんで済むかこのやろうという文句から、まあ落ち着いてわけを話しなさいという語り掛けまで、百万人ほどがそれぞれ勝手なメッセージを投げた。ちなみにヒスイとホーシの二人はfのつく単語を百十二個含む歌を送ったが、ウニはその人たちにいちいち返信したりしなかった。当然かもしれないが。

その代わりウニは自分たちの要求を出した。迷惑にならない範囲で移住したいです。明るくて人のいない岩石天体、できれば水星あたりに土地をくれませんか。千キロ四方程度でいいから。それ以上増える気はありません。

ウニたちはどうやら、地球の人類と互いの気持ちをていねいに探りあう気なんか、これっぽっちも持っていなくて、実務的な話だけがしたいらしかった。がさつといえばがさつだけれど、わかりやすいには違いない。

儀礼が要《い》らないとわかると、政府側もいくらか落ち着いた。なんといっても、暮らしがマシになってきたからだ。停戦交渉中のためか、飛来するウニたちはもう人類施設を狙ってこなかった。それどころか、衝突ルートにある場合は避けるようになった。それにより、氷の盾を装備する必要がなくなった。軍艦や客船の運航費が減り、保険料金も下がったので、運賃・輸送費が激減した。貿易に多くを頼っている小惑星国家群は、経済が急速に活性化してきた。

それは、たかだか数年前の水準に戻ったというだけのことだったけれど、人々はそうなってから初めて、こんなに社会は沈滞していたのかと気がついた。ウニたちと和解しろという意見が——今すぐにというものと、たっぷり搾り取ってからというものにわかれはしたが——じわじわと強くなってきた。

そんな流れを受けて、政府は実務的な交渉に乗り出した。外交と軍事と科学の畑から、タフで腕利きのエキスパートが選出され、とらえどころのない意見を振り回すウニたちとがっちり組み合って、損にならない落としどころを探し始めた。

イダのすみれたちは感激していた。

「FedExの貨物船ダコタ号へ、歓迎します。氷防盾を装備している場合、入港前にパージしたのち専用タグに引き渡してください。高分解能レーダーに振動防止措置を施してください。対物掃討レーザー、ミサイル、高初速兵器などを固定装備している場合は、封印しますので税関職員を待ってください——」

「イダ・コントロールへ、本船のウニ防御装備は今回すべて封印済みです」

「——ご協力ありがとうございます、九番ワーフに接岸してください」

「いやあ、ウニがいないと実にスムーズに事が運ぶなあ」

「ほんとだよね」

男性同僚と顔を見合わせて、すみれは笑顔を浮かべる。

「ラチウムのエウロス号よりイダ・コントロール、これより出港する。お天気はどう？」

「エウロス号へ、お天気は快晴です。半径三十万キロにクラス2以上のウニの群れは見当たりません。気をつけていってらっしゃい！」

「行ってきます、レディ・スマイル。次に着いたらお帰りって言ってくれる？」

「ええ、喜んで」

「やった！　約束だよ。おれはセカンド・オフィサーのアエネアスだ。次は秋に来るから、一緒に何かうまいものでも食べような！」

「えっちょっそういう意味⁉」

笑い声を残して貨物船は去っていく。後に残されたすみれはほっぺた押さえてしばらく悩む。既婚の同僚男性が通りがかって覗きこむ。

「何してんの」

「誘われた。本気なのか冗談なのかと……どっちかなあ？」

「知らんね。次に来るまで悩んでなよ、悩む時間はある」

「時間できたよねー」

文字通り息継ぎするのも大変だった「アトランティック・ピケット」作戦のころに比べれば、イダは開店休業も同然の状態になった。連合艦隊の管制チームは八分の一に減らされ、それも専用タワーに移ったから、フロアにいるのは昔どおりすみれたちだけだ。軽口を叩くどころか、愛の言葉に悩む時間までできてしまった。

「まあ私の気持ちは決まってるんだけどね……」

男性同僚が立ち去ったあとで、すみれはこっそりつぶやく。ウニに襲われて衛星ダクティルから脱出した時、みごとな艦砲射撃で助けてくれたあの人に、思い切って気持ちを伝えた。その返事を、まだもらっていない。もらえない理由は、嬉しいものからひどいものまでいろいろ考えられるけど、今のところすみれは無難な解釈を採用していた。つまり、単に会う機会がないから保留にされているんだ、というものだ。

——今度あの人がイダに来たら、答えを聞いてみよう。それで決着だ。

そんなふうに心を決めつつ、実際その日が訪れるのが怖くて、彼の艦『黄帝《ファンディ》』が来なければいいのに、とひそかに願ったりしているすみれだった。

あのときのことを考えると、もうひとつの懸念が胸に浮かんでくる。

「……コンちゃん、どうしちゃったのかなあ」

イダの埠頭で拾ってあげてからしばらく一緒に暮らしていた、ちっちゃな三角コーンが、何かとんでもないものだったらしいことは、いろいろ調べるうちに少しずつわかってきた。

天文学者の話だと、自分たちの住むこの小惑星イダでは、一時期、定規がおかしくなっていたらしい。

定規がおかしいってどういうことか。それはものの長さが狂っていたということだ。太陽系のどこでも長さ十二メートル二十センチのはずのコンテナが、イダの北極と南極では十一メートルと十三メートルに変わったり、電波の周波数がズレたりしていた。そんなこと、普通なら起こるはずはない。つまり、普通でないことが起こっていた。

一つの仮説として、イダのどこかに超小型のブラックホールが刺さっていたんじゃないか？　と唱える人がいた。大質量のブラックホールの周りでは空間が歪むから、ものが伸びたり縮んだりすることはありうる。――でもそんなはずはないか、と言い出した当人が否定していた。ブラックホールなんかがめりこんでいたら、イダそのものが崩壊してしまう。そんな大災害は起こっていない。

けれど、すみれだけは、あっそれかも、と思い当たっていた。

コンちゃんのせいかもしれない。彼はブラックホールではないけれど、イダより大きな全長四十二キロの本体を持っていた。手でつかんでもびくともしなかったし、六十万匹のウニがシャワーになって降りそそいでも涼しい顔だった。とにかく桁外れに重かったのは間違いない。

あの子がどでかい本体を、アイスクリームコーンの下に隠していたから、イダがぐにょぐにょ曲がったんじゃないか？　そういえばホイッスラー号を挟みそうになったセンサーの異常も、あの子が来たとき起こったんだった。

そんなことをどうやって成し遂げていたのかは、さっぱりわからないけれど。四次元空間とか超空間とか亜空間にポケットを作って、そっちに首から下を押しこんでいたのかもしれないが——そこまで高度な物理学は、ただのオペレーターのすみれの手に負えなかった。

それに、気になるのは「どうやって」じゃなかった。「どうして」だ。

コンちゃんは多分、宇宙人だった。あるいは宇宙「魚」とか宇宙「獣」かもしれないが。

そいつがすみれにくっついて歩き、ベンチに忘れたバッグを持ってきて、ナンパしてきた女たらしのお尻を突っついてくれた。親切なのは間違いない。でも——ウニたちの攻撃からも守ってくれたっていうのは？　あいつらとは、仲間じゃないってこと？　だったらなんでウニにすみれの声のデータを渡したのか？

さっぱりわからん。

「——あーもう。帰ってきてよ、コンちゃん」

以前のように笑えるようにはなったけれど、少しだけため息がちになってしまったすみれだった。

ウニたちと交渉を続けた連合政府は、三ヵ月後に第一次の合意に達した。「外交特区」の小惑星を指定して、ひとまずそこへ流れこんでください、とウニたちに注文をつけた。

とにかく、これで一段落だ、と誰もが思った。筒見すみれも、もちろんそうだった。

一週間たって、自分が宇宙人に呼びつけられるまで、そう思っていた。

9

「ミズ・スマイル・ツツミ、連合政府はあなたに重大なお願いがある。われわれは特別交渉チームを組織して、太陽系外生命《エクソーラー・リビング》との対話を続けてきたが、交渉を急ぎすぎて彼らの接受同意《アグレマン》を失ってしまった。彼らは現在、人類のある個人を彼らの興味を満たすため招請するか、さもなければ太陽系全域の改造を再開すると言っている。その個人というのがあなただ。太陽系のためにＥＳＬの招請に応じてほしい」

「はぴ？」

連合艦隊の巨大な旗艦揚陸艦の艦内。麗々しく掲げられた大きな連合旗と艦隊旗に見下ろされ、右に勲章と星のたくさんついた軍の将官たち、左に高価なスーツやヒジャブや発光ドレスを身につけた政府高官たちが並んでいる。

急遽呼び出されて出頭した筒見すみれは、頭まっしろ顔まっさお状態で半泣きになって突っ立っていた。

何これ、なんで私こんな怖いとこに立たされてんの、何か悪いことしたっけ、これから死刑になるの？

政府チームの対応がまずくてウニたちを怒らせてしまった。連中は、すみれを呼べ、さもなけば太陽系をぶっ潰すと言っている。なんとか彼らの怒りを鎮めてほしい。

そう説明を受けたけれど、そんなので納得いくわけがなかった。

「勘弁してください、そんなの無理です……」

「しかし同意してくれなければ、故郷のイダも滅びることになるぞ」

「大体なんで私なんですか！」

「われわれにだってわかるものですか、向こうが名前を出してきたのよ！」

「ゆるじでぐださい、ウニって刺ざるんでじょお？　顔合わせたとだんにぶすぶすやられるなんて、いやでずよお」

政府のエキスパートがさじを投げた異星人と、自分が腹を割った話し合いができるなんて、とても思えない。半泣きどころか全泣きで鼻水たらして哀願していると、高官たちの後ろのほうから鋭い声が上がった。

「いい加減にしませんか、皆さん！」

ブルーの制服、灰色の瞳、こめかみに渋い戦傷。すみれは思わず息を呑む。

「ザンクトガレン少将《じょうじょう》……！」

ウニ対策の功績で、さらに昇進したあの人が、前に出てきて声を張り上げる。

「いくら太陽系のためとはいえ、一介の民間人にこのような無理強いをしていいのか！

これでは人身御供《ひとみごくう》だ！」

「口を慎め、少将！」「監視艦隊風情が差し出るな！」「われわれの首で引き換えにできるものなら、いくらでも引き換えよう。だがその際には、きみたちもただでは済まんぞ」

「とっくに覚悟の上だ、降格なり軍法会議なり好きにしろ！」

「そうかね？　きみの可愛い部下たちもだぞ」

「くっ……」

ザンクトガレンが唇を嚙む。

わあ袋叩きだ、とすみれは焦る。自分のせいでこの人が首にされちゃうなんて気の毒だ。覚悟を決めて声を上げた。

「や、やります！」

「おお」

すみれはちょっと横を向いてぐしぐし顔を拭いてから、高官たちに言い放った。

「私がウニと話します！　だからその人のことは責めないでください！」

「よく言ってくれた」

それからの手順はあっという間だった。すみれがまた気を変えるといけないからだろう。たちまちカタパルトへ連れて行かれて、練習用の小型宇宙艇に一人で押しこまれた。操縦席の外に立った士官が、事務的に説明する。

「自動操縦でウニたちの真ん中へ向かいます。操縦装置には触らないでください。ESLとの会話やこちらとの連絡には左手の通信機を。使い方は――」

「あ、通信機わかります。商売道具なので」

などとやっていると士官を押しのけて、あの人が顔を出した。

「ミズ・ツツミ！　すまなかった、彼らを止められなかった。私はずっと反対していたんだが……！」

「ううん、いいの。嬉しかったです、私のためにあそこまで言ってくれて」

「礼を言うのはこちらだ。きみは勇敢な人だ。ありがとう」

「お礼よりも、あの」今ごろになって心臓が高鳴り始めた。ずっと聞きたかったことを口に出そうとする。「あのときの、お返事を――」

青年将校がやさしく笑った。

「お嬢さん。それは」

ビーッ！　とカタパルトのブザーが耳をつんざいた。前方のシグナルタワーに赤ランプが灯る。「発進です、離れて！」と係官が群がって、少将を押しのけてしまう。

「ちょ、ちょっと待ってよ！　あと三秒、ううん二秒、一秒でいいから！」

抗議の声は届かない。キャノピーが閉じられて、ガチンとロックがかかる。なんてことしてくれるんだ、いま一番大事なとこだったでしょ!?

文句を言っても始まらない。すみれはしっかりとシートベルトを締める。こうなったら意地でも生きて帰ってやる。ウニとの交渉を成功させて――いや、そんなの知るもんか。なんだったら口先三寸でだまくらかして、空約束でもなんでもして切り抜けてやるから。お空の星になってみんなを感動させるなんて、まっぴらごめんだ!

シグナルタワーの赤ランプが積みあがって、てっぺんの緑が点灯した。とたんにすみれは十二Gで蹴り飛ばされた。市内自動車に毛が生えた程度のちっぽけな小型艇で、宇宙の闇へ突っこんでいく。

やがてその闇にミルク色のもやが湧いてきた。――無数のウニたちの集団だった。

小型艇はもやの中へ入っていく。少しずつ、少しずつディテールが見えてくる。砂場の砂みたいに数え切れないほどの粒子の集合体だ。何万、何十万の。いやこれ、ここだけで五百億以上いるんだった。五百億? そんなのと話して本当に生きて帰れるの?

すみれは気が遠くなりかけた。そのせいで、真正面の文字を見逃しかけた。

ふと気づくと、目の前たかだか五十メートルぐらいのところに、映画館のスクリーンさながらの壁ができていた。よく見れば小さなトゲトゲがわかる。ウニが集まった平面だ。一部のウニがくるりとひっくり返って、ドット文字を作った。

『HELLO SORRY MAKE FRIENDS』

すみれは緊張しながら、マイクに声をかける。

「ハロー、こちらはイダ宇宙港コントロール――じゃなかった、人類の筒見すみれよ。私に話ってなに？」

するとウニたちはくるりと次の一行を表示した。

『I'M GLAD TO SEE THE CONTROLER !! 』

「……え、コントローラーに会えてうれしい？　はあ、どうも。確かに管制官《コントローラー》ではあるけど」

『LETS TALK TO YOUR SYSTEM 』

「システムについて話しましょう。それもいいですよ。わかんないけど。何のシステム？」

『YOUR SOLAR SYSTEM SMILES SYSTEM !! 』

「……んんー？」

すみれは眉をひそめる。なんだかおかしい。ソーラーシステム、あなたたちの太陽系について話しましょうって言われてるのはわかるけど、所有格のニュアンスに微妙なものを感じる。

そのとき、頭の上がコンコンとノックされた。

すみれはそちらを見上げた。

ちっちゃなアイスクリームコーンがキャノピーにへばりついていた。チーチーチー、と小さな音が透過素材越しに伝わってくる。

「コンちゃん……」

どうしてとか、なんで今とかの疑問より先に、安堵が湧き出した。ウニたちはともかく、この子は信用できる。

「おかえり」

とキャノピーの内側から手を当てた。

すると、触れた部分がブーンと振動を始めた。速やかに周波数が上がっていき、ブーンがキーンになり、アー、という人の声のような音になる。あの、自分にそっくりの声だ。ガラスをスピーカーの振動子代わりにしてる！

「アー──わーたーしーは──かーれーらーの──こーん・とろーらー──です」

「お、すごい。あんた、しゃべれるようになったんだ。……コントローラー？」

「はーいー」

いったん離れてから、コンちゃんはウニ群の真ん中をビシッと指し示す。それから今度は先端をすみれに向けて、もう一度触れた。

「あなたはー じんるいーの こーん・とろーらー です」

「うん、そうだよ。人類の管制官……」

口に出した途端に、違和感の正体がわかった。

「……だけど。人類の管制官だけど⁉　違うよ、そうじゃないよ⁉」

訂正は、間に合わなかった。コンちゃんは、今度は太陽のほうをビシッと指し示してから、振り向いた。

「あなたはーじんるいーの　こーん・とろーらー」

「統制官《コントローラー》……そう思いこんじゃったかぁ……」

なるほどわかった。理由もわかった。確かに自分はいつも言っていた。――「こちらはコントロール。ようこそ小惑星イダへ、歓迎します」。

「だけどそれはさ、コンちゃん。ちょっとした誤解ってやつで……」

言いかけて、口を閉ざす。この誤解、解いてやる必要ある？　そしたらまた、大混乱にならない？　あのおっさんおばさんたちを、てんやわんやさせるだけじゃない？

だったら、いっそ。

「……うん、まあそういうことにしよっか。いいよ、太陽系の話、始めよ」

『GIVE ME PLANETS !!』

「それはだめ。即おねだりとか、ないでしょ！　ちょっとだけよ、いい――？」

それから五十分で、すみれはどうにか、人類とウニを友達にしてのけたのだった。

終章

「イダ宇宙港タワーより、外宇宙《エクソーラー》クルーザーのホイッスラー三世号へ。デパーチャー・クリアランスを発行します。地球慣性系基準で三十年以内の再入港が可能です――」

「三十年!?　そりゃいくらなんでも短かすぎんだろ！　おれたちはUPD全開でバーナード星とウォルフ359回って来るんだぜ。五十年あっても足りゃしねえよ！」

光速近くまで加速できるUPDエンジンを使えば、近くの恒星までそれぐらいの時間で航行できるし、相対論的効果で乗員は歳を取らずにいられる。中の人間の感覚としては、五十光年を一年で回ってくることも可能だ。

けれどもすみれは、二人にそんなことをしてほしくなかった。

「太陽系のファンを五十年もほっといたらだめでしょ。みんな待ってるんだから、せめて忘れないうちには帰ってきてほしいです。ね、ヒスイさん、ホーシさん」

「う、うん、そうか……」

「あれ、あんたっておれたちの知ってる人？」

すみれは微笑みながら通信を切った。

やがてホイッスラー三世号は、集まった多くのファンの見送りを受けながら、民間人としては初の恒星間航行へ出発していった。

イダが太陽系初の恒星間規格宇宙港として開港してから、もうじき半年がたつ。

連合政府が、建設種族ESLアーチン族《ウニ》（とうとうそれが本称になった）との和解をなしとげて、彼らが作ろうとしていた恒星港を人類との共用にさせたのが、二年前だ。

そのころからすでに外宇宙の珍しくて風変わりな知識や、役に立つ情報が大量にもたらされて、人類の認識は大きく変わった。恒星間レベルで猛威をふるっていた電子ウイルスが乗りこんできて、いくつかの都市のシステムがクラッシュした事件もあったけれど、よそ様との交流はおおむね楽しく、刺激的で、有意義だった。

アーチン族との交流を主導した連合の一派はみんなから誉めそやされ、彼らの手足となって実務レベルでアーチン族と共同作業したザンクトガレン艦隊も高く評価された。アーチン族はその宇宙工作力で、かつて迷惑をかけた小惑星国家に大いに奉仕したので、反感を持つ人は着実に減っていった。だから彼らが、どこともたいした利害関係のないイダをハブ恒星港にしたいと言ったとき、反対する人はほとんど出なかった。

そうして、連合政府の肝入りでイダは改装された。けれども港のスタッフはほとんど前のまま残された。シャープ室長をはじめ管制室のメンバーも従来どおり。筒見すみれも通信士として居残った。

ただ、給料据え置きのまま、肩書きだけが少し変わった。——イダ恒星港管制塔所属、太陽系コントローラー。

ホイッスラー三世号を見送ったすみれのヘッドセットに、別の船からの通信が入る。

チーチー　チーチーチー……。

「はいはい、お帰りなさい。こちらはイダ・コントロール、入港を歓迎します。ＵＰＤをカットしてください。質量の投射と電磁波の放射を最低限にしてください。危害装置を休眠させてください。その他すべての航行装置をニュートラルにしてください――」

港外監視カメラの映像が管制室３ＤＶスクリーンに現れる。

羽根の生えた銀色の広葉樹、あるいは笠をかぶったトビウオ。そんなふうに形容したくなる宇宙船がゆっくりと近づいてくる。こちらのコンピューターが解析した情報を画面下に附記。全長百四十メートル、危険意図なし、返信あり、自称名「――――」（体液水溶液濃度言語、翻訳不可、仮称「スプリッグ」）。

そして、得体の知れないその初対面の船に覆いかぶさるように、やや大きな三角コーンのような物体が併走していた。

すみれは宇宙船「スプリッグ」に向かって続ける。

「長旅お疲れさまでした。もう楽にしていいですよ。太陽系コントローラーの私、ならびにＥＳＬコントローラー『シュールギーエ』が引き続き貴船の安全を保障します」

シュールギーエ、という地球にない単語がコンちゃんの本名なのかどうかは、いまだにわからない。名前を聞いたら壁を引っ掻いてそんな音を立てたのだ。とにかく、二人以外の相手に向けては、そう名前を告げている。

　小さな三角コーンは、今ではそんな呼び名で、巨体の先端一パーセントほどを人目にさらして、人類を手伝っていた。よそから来た不慣れな異星人を港まで案内する役だ。その正体はウニ族が作った大型宇宙船である、ということになっており、ほぼすべての人間がそれを信じている。

　そうでないのはイダの一握りの人々と、恒星港直衛艦隊『黄帝《ファンディ》』の研究者たちだけ。――コンちゃんがウニ族や他のお客様よりさらに高いレベルの、時空を歪める技術を持つ「恒星間航行種族のコントローラー」であることを、彼らだけには教えてあった。艦隊の科学者たちは、今やっきになってコンちゃんの能力や性質を調べている。そりゃあ気になってしょうがないだろうなと、さすがにのんびり屋のすみれでも思ってしまう。

　その艦隊から、通信が届く。

「イダ・タワー、恒星港直衛艦隊『黄帝《ファンディ》』だ。新しいESL船が到着したようだが」

「いま連絡しようと思ったところです。タワーより『黄帝《ファンディ》』、ESL船をパイロット願います。コードネーム『スプリッグ』を附与。危険意図はないもよう」

「『黄帝《ファンディ》』了解。スプリッグを水先案内する」

「タワーよりシュールギーエ、スプリッグの誘導を『黄帝《ファンディ》』に引き継いでください。以上、ミッションを解除します。──コンちゃん聞こえた？　遊んできていいよ」

四百メートルの三角コーンが、小さく鳴きながら離れていく。入れ替わりに地球の軍艦が寄り添って、羽根つきの大樹を連れてきた。

イダ宇宙港はすでに準備万端だ。通算八組目の異星人の訪問を受けて、例によって偉い人たちが一大ページェントを企画している。お客様を歓迎するため、であるのは確かだけど、本当の目的は別のことだ。つまり、3DVに出てみんなに顔を売ること。そしてみんなも大方、それで納得する。よしよし、おれたちの政府は見知らぬ宇宙人とのお付き合いを、無事にそつなくこなしているじゃないか、と。

「付き合わされるスプリッグたちが大変ね──」

エヴリン・シャープ室長が、式典用の飾り付けで満艦飾《まんかんしょく》のアライバルゲートを眺めてから、ちらりとこちらに目をやった。

「そろそろ出てって話したら？　スマイル」

「何をですか？」

すみれは両手の爪の先をにらみながら返事。朝に塗ってきたマニキュアが剝がれてないかどうか。

「ESLはみんな、あなたが太陽系の家主だと思ってるんだってこと」

「そんなことないですよ？　私はただのオペレーターですもん」

よし、どこも剝がれてない。そして時計は夕方四時五十五分だ。

私が「太陽系のコントローラー」だなんて、人前で認めてたまるもんか。肩書も責任もパレードも生放送も、ごめんの一言。誰かもっといい人が見つかったら絶対交代する。私は断じて定時で帰る。

「今日は先約がありますもんで。式典出ろなんて言ったら恨みますからね、室長」

「ええ、言わないわよ。でもね、『黄帝《ファンディ》』の入港は延期されたようよ――?」

「えっ、うそっ⁉」

愕然として振り向いたすみれは、室長の含み笑いですぐにうそだと気づく。

「意地悪」

「新婚さんってうらやましくって」

「十一兆トンの子供つきですよ。楽じゃないです」

そう言っていると、スピーカーが音を立てた。チーチーチー。不思議に思ってレーダーを見たすみれは、ぎょっとする。はるか遠くから流れてくるたくさんの緑の光点。みるみるイダが包まれていく。

「ああ、何これ。どうしてこんな日に連れてくるのよ……」

「あら、新しいESL」

すみれはしばらく頭を抱えていたが、やがてヘッドセットを取って相手を呼び出した。

『黄帝《ファンディ》』へ、イダ・コントロール。緊急事態」

「こちら『黄帝《ファンディ》』、どうした!?」

「ごめん、ヨアヒム。もう一波来た。夕食はたぶんキャンセル……」

「本当か? そいつは残念。まあ仕方ない、来週があるさ」

一週間に一度じゃ少ないよう、と二年前に比べて大変に贅沢なことを、すみれはちらりと考える。

それから、深呼吸して気持ちを切り替えた。

連合議長や太陽系代表みたいなことはできないけど。長旅を終えたお客さんを迎えるのは得意。看板どおりににっこり笑って——。

「ようこそ、太陽系へ。こちらは恒星港イダのコントロール。来訪を歓迎します」

筒見すみれは声をかける。

リグ・ライト
——機械が愛する権利について

1

最初は、アサカを愛することなんてできないと思った。

二〇二四年の秋の霧の朝、あたしは死んだ吉鷹《よしたか》爺ちゃんの家へ原付で向かっていた。爺ちゃんは八十七歳で、近年のくそ暑い夏をなんとか乗り切ってきたけど、今年はとうとうそれに失敗した。家の近くの公園で倒れて、救急車で運ばれた病院でそのままご臨終。親戚一同集まって弔《とむら》って、事後の相談をするのに二週間かかって、いろいろ片づいて一段落したのが昨日だった。

人生の最後は一人で暮らしていた爺ちゃんだから、その家には今、誰もいない。もうすぐ家そのものも人手に渡ることになっている。そうなる前に、引き取らなければいけないものがあって、あたしはこの朝、原付を出したのだ。

伝統ある古い屋敷町でもなければ今風の小じゃれた飲食店街でもない、駅に近いことだけが取り柄《え》の、たてこんだつまらない住宅街を、原付で右に折れ左に折れて入っていくと、断続的な車のクラクションが聞こえた。

朝六時前だぞ。

どこの非常識なおっさんがやかましいことやってんだと顔をしかめながら最後の角を曲がると、路地をかすませている霧の向こうに、横手の家から無遠慮にぬっと顔を突き出している紺色のセダンが、ぼんやりと見えた。思わずメットのバイザーを跳ね上げた。

うちじゃん？

うちというか目的地だ、爺ちゃんの家。あたしが近づくと、確かにその車は爺ちゃんちの狭苦しいガレージからせり出しているのだった。ぱーぱーとクラクションを鳴らしまくっているのは、その向こうに止まってる車だ。濃い霧の向こうでヘッドライトが光っている。

「なんだこれ」

思わず声が出た。タクシーみたいなその地味な紺のセダンには見覚えがあるけれど、先月に爺ちゃんが入院してからこっち、誰もそれに触っていないはずだった。

けれども、運転席には人影があった。あたしが路肩にバイクを止めて覗きこむと、目が合った。

長いつけまの下の澄んだ目が、霧の中からつつましい姿を見せた高山植物みたいに、うっすらとほほ笑んだ。

あたしは真顔で固まって、白いブラウス姿の、そのきれいな女を見つめた。——見つめ続けようとした。もし、うるさい警笛の音が鳴り響いてるんでなければ。

コンコンと叩くと窓ガラスが下りた。あたしは、したくもないしかめっ面でガレージを指さした。

「後ろ、下がったら？」

「シキミさんですね？」

「はあ？　なんで——いや、とにかく下がろう？　あいつらブチ切れてる」

近づいたせいで、セダンに通せんぼされている向こうのトラックが見えた。狭苦しいキャビンを筋肉で埋めた三人の兄ちゃんたちが、主張の激しいラッパーみたいに指を突き出して目を剝いて喚《わめ》いていた。

「早く。——おわっ」

キンコーン、と後退警告音を上げるのと同時に、セダンがスッと下がった。ガレージに収まるか収まらないかのうちに、トラックがビィンと露骨なモーター音を立てて突っこんできた。このまま轢《ひ》かれてやったらまとめて刑務所に送れるだろうなと思ったけど、あたしはそれなりに損得勘定ができる人間なので、横へ退いて通してやった。

あたしが来た方向の霧の中へトラックが消えると、あたりはようやく静かになった。あたしはガレージに入って、もう一度女と対面した。

「誰？」

「アサカといいます。麻布《あざぶ》の麻に、佳作の佳という字です」

「字は訊いてない。どこの誰？　なんで爺ちゃんの車に乗ってるの？」

一応断っておくと、あたしは普段から初対面の人間をタメロで詰めたりするわけじゃない。これでも事務系正社員だ。人を呼び捨てにするのは電話対応で自社員の名を挙げるときだけだし、SNSの社用アカでも裏アカでも慎重に敬語を使うぐらいの常識はある。けれど、先月まで爺ちゃんが乗っていて、今月からは法的にあたしが相続したはずの車に乗ってる知らない女に、どなたでしょうかとお尋ねする義理なんかは、ありゃしないと踏んだんだ。

と、いうのは誰かに向けた言い訳みたいなもので。

本当のところは、その女があんまりにもきれいな顔しやがってるもんだから、見とれて態度が溶けそうになる自分を、無理やりイキらせていたのかもしれない。

女は焦らず騒がず泣きもせず、運転席で礼儀正しく頭を下げた。

その動じない態度を見た瞬間、何か言われるよりも先に、あたしはその女がなんなのか察していた。

「私は一ノ倉《いちのくら》吉鷹さんのサポートロボットです。吉鷹さんが迎えに来てほしいとおっしゃっていたので、出かけようとしていたのですが——連絡が途絶えてもう二週間になるんです。何かご存知じゃありませんか？　シキミさん」

「……ああ」

事態がわかって、あたしは天を仰いだ。わかりたくもない種類の、これは事態だった。

よりにもよって爺ちゃんが、〝サポートロボット〟を置いていたなんて。

不意にまぶしい光が満ちた。霧の合間から秋の朝日が差してきた、いや、朝日が霧を蒸発させているんだ。このあたりはもともと霧なんか出るほうが珍しい町中だ。

「無理」

「……無理、って？」

「会うのは無理。爺ちゃん亡くなった。脳梗塞、かーらーの多臓器不全。二週間前だよ。何あんた二週間も何してたの、今ごろ——」

声を強めて覗きこもうとした途端、ふぉーん、ともう一度けたたましい音が鳴って、あたしはびくりと固まった。

女が、アサカが、ハンドルに手を重ねて、顔を押し当てていた。

たっぷり十五秒もそうしてから、アサカはゆっくりと顔を上げた。おぉん……と、クラクションのしっぽが悲しげに消えた。

「吉鷹さんは……死んでしまわれたんですね。では――お悔やみ申し上げます。ご主人様」

「主人だなんて――」

呼ぶな、とは言えなかった。

アサカのまつ毛に、朝日が追い払った霧の名残が、透明なしずくを作っていたから。

「で、口説いたんですか？　そのアサカちゃんを」

ワンルームのキッチンで、たたたこと包丁の音を立てながら、料理担当の朔夜《さくや》が訊く。

「なんでよ」

あたしはリビングのソファに突っ伏して訊き返す。アサカのことを話した途端にそんなことを言われては、訊き返さずにはいられない。朝に爺ちゃんの家へ行って、それから十三時間働いた後なので、死んでいる。

「シキさん、可愛い子見たらすぐ口説くじゃないですか」

「遠回しに自分の顔自慢すんな」

「遠回しにほめてくるシキさん先輩大好きです！」

「ほめてねーよ……ほめたのか。ほめたことになっちゃうのかこれ。めんどくせー」

「ほめてないんですか？　ちぇーつまんない、だったらこうしてやる」

「何……あっちょっと、何入れた⁉」

あわてて顔を上げると、朔夜はこっちに小悪魔めいた微笑みを見せながら、キャセロールをオーブンに入れてタイマーを回した。

「さー、なんでしょう」

ほうれん草だった。出てきたラザニアの、おいしそうな焦げ目のついたチーズとミートソースの下に、邪悪な緑色の植物の死骸を見つけたあたしは、口をひん曲げてフォークでどけようとした。――けれど、朔夜がサイコパスじみた真円の目で静かに見つめていたから、仕方なくそれを口に押しこんだ。

「うう、苦い……滅びろ緑黄色野菜」

「苦くないですよ、おいしいじゃないですか。ちゃんと食べなきゃダメです。野菜抜くと脳血管詰まってぶっ倒れて死にますよ」

「勘弁しろよ、嫁かよお」

「えー、通い妻のくせにそういうこと言うんですか。へー」

朔夜が笑っていない目で完璧な棒読みゼリフを口にする。あたしと違うＩＴ部署に勤めてる、後輩のこの子んちに転がりこむようになってから、材料費だけで夕食が出てくるようになったのは嬉しいけど、メニューの決定権までは取れなかった。毎回必ずあたしの苦手なビタミンと食物繊維をねじこんでくる。

ふと、従順そうな「彼女」の顔が頭に浮かんだ。――アサカは主人の健康と好み、どっちを取るんだろう？

作ってもらっといて残すわけにもいかないから、黙々と食べていると、朔夜のおしゃべりが停止していることに気づいた。何やら目を伏せて沈んでいる。「どったん」と訊くと、いきなり顔を上げてあたしの肘をつかんだ。

「あのっ、すみません！」

「へ？　何が？」

「脳血管詰まって死ぬとか……シキさんあんなことがあったのに、私、無神経で……」

「え？　脳血管？　あ、ああ」

びっくりしたのでほうれん草の塊を一気に呑みこんじゃった。まあそれはいい、食物繊維は害はないはずだ。ウーロン茶で口を湿してからあたしはうなずいた。

「爺ちゃんか」

「はい……」

「それはいいよ。いや、そこで気にする？　忘れちゃっていいよ、もう」

「ですか？　ほんとすみません……」

手を離した朔夜は、落ちこみをごまかすみたいにがつがつと残りを平らげ始めた。

うーん、起伏が激しい。この子は時々変なところで引っかかる。感情のはっきりしているところは嫌いじゃないんだけど。

「先月のことだし、もう気持ちの整理ついてる。ついてるけど——」

言いかけて、またあのことが頭に浮かび、額を押さえた。

「まさかあんなもの持ってたなんてなぁ……」

「あ、さっきの？」

「うん」

「サポートロボットですか。私それ実物見たことないんです。どんなリグ？」

「リグ？」

「rig、機体って意味です。今はソフトウェアも含んだりしますけど。メーカーとか型番とかは？」

「そういうのはわかんないよ、あたしはあんたと違ってメカオタクじゃないんだから。えーと」あたしは、朝見たアサカの印象を言葉にしようとする。「髪、つやっと黒でストレートロングで受付のお姉さんっぽい系で、肌も綺麗で、でもあれけっこうメイクもしてたな、けど爪塗ってないしアクセもなしで。白ブラウスに暗い膝丈タイトで地味にして、それがかえってえっちい感じの」

「シキさんすぐそういうとこ見る～」朔夜がにらんで肩を押す。「じゃなくて、応答は？会話できたんですよね？　歩けた？　手先の自由度は？　視線方向適切でした？」

「わっかんねえよそんなの！」ぐいと押し返す。「とにかく人間ぽかった、すごく！　人間の二十五歳ぐらいの女に見えた。それで、家入ってちょっと話したんだけど、料理はできない。炊事裁縫洗濯は難しくてできない。でもゴミ拾いぐらいならできるし、爺ちゃんの荷物を持って、手を取って歩いたりしてたんだって」

「シキさんと人間っぽく会話できたってことは、間違いなくクラウドベースの強化学習AIとリアタイつないでて、歩いてゴミ拾って手もひっぱれるってことは、環境認識と歩行制御も相当できるってことか」

「難しいのやめーて」

「いやつまり、かなり高級ですよってこと。見た目も人間そのものだっていうなら、肌材質はトーヨーで、リグそのものがピュグマかBDかレオカレスなのかなあ」

「体は中国製だって自分で言ってたけど」

「中国？　じゃ綺機俑《チーチーヨン》か。あれ、もう国内で動いてたんだ。それにAI入れるとか、濃い。……あの、シキさん。お爺さんってかなりギークでした？」

「わりと。定年前は機械メーカー勤めだったよ。よくわかんないけど」

「ふーんむ」

「アサカの写真、見る？」

「あ、見せて見せて」

スマホを見た朔夜はうおー美人とうなったけれど、じきに眉をへの字にして画像とあたしを見比べ始めた。

「シキさん……これ、なんか……」

「うん」

「言っていいです？」

「いいよ。大体わかるから」

「ってと？」

「あんたに似てる」

朔夜が軽く息を呑んでから、ゆっくりとうなずいた。

「ですよねー……！　これって、どゆこと？」

あたしの目の前で不思議そうに目をぱちぱちしてる萩《はぎ》朔夜は二十四歳で、明るく元気でおしゃべりなところは別として、見た目だけで言えばさっきあたしが挙げたアサカの特徴のほとんどを、そのまま持ってるみたいな人間だ。あたしがアサカを初めて見た時にちょっとぐらっと来たのは、そのせいが大きい。

「シキさんのお爺さんが、私を盗撮して似たロボットを買ったの？　うっわぁきっつ……あ、その」

「うん不謹慎気にしない。それにもっと簡単な説明があるから」

「それだ。そういうことですよ。そっかー、私ってシキさんのもろタイプか」

「ああ」こわばりかけていた朔夜の顔が、一気に崩れて苦笑した。「それだ。そういうことですよ。そっかー、私ってシキさんのもろタイプか」

「イチャって済む話ならいいんだけどね」あたしはその笑いに合わせられない。「それって、そういうことじゃない。爺ちゃんがお世話ロボットを好みの顔にしたってことは？」

「ってことは？」相槌を打ってすぐ気づいたらしく、あ、と朔夜が顔をひきつらせた。

「え、えーと、それはつまり、お爺さんが……いや、やめときますけど」

「うん、口に出したくないね。出したくないけど認めざるを得ない、多分、愛人にしてた」

「ぎゃお……」

がっくりとうつむいた朔夜が、ああ、とうなずきを付け加える。

「それですか。それでシキさん、微妙な顔してるんだ、さっきから」

「まあねー」頭の横をぽりぽりかく。「爺ちゃんがそういうの持ってたって、きつくってさ……孫より若い美人ロボット、八十七でそれってのはさー」

「ぷ、プラトニックですよ、きっと！」

「ない。血でわかる。きっとやってた。あー！」こらえ切れずに、がばっとテーブルに伏せた。空の皿ががちゃがちゃ鳴り、「うわっと」と朔夜があわてて片づけ始めた。

重ねた皿をキッチンに戻してから、朔夜はそばに膝を突いて、お爺さん、どんな人だったんですか、と訊いた。

「確か、もう奥さんなくしてお一人だったんですよね」

「うん。爺ちゃんは十八年前に婆ちゃんと死に別れててさ。絹良《きぬよ》さんって人なんだけど。死ぬまで仲良かったみたいだよ。お仏壇のお供えは今でも欠かさないし」

じゃない、欠かさなかった、だ。言い直してから続ける。

「子供のころからよく遊んでくれたよ。あたしの親が事故ってからは、学校出るまで面倒見てもらったし。いたずら好きで変人だったから、頭の固い親戚連中とは仲良くなかったけど、就職してからもよくご飯おごってくれた。いやらしいところは別に——」言いかけて、けっこうお洒落だった爺ちゃんの佇《たたず》まいを思い出す。「待てよ、あれは枯れたジジイの格好じゃなかったな。夜とか飲みに行ってたし……まさか、モテてたのかな」

「そりゃモテてたんですよ、シキさんのお爺さんだもん」朔夜が笑う。「別にいいんじゃないですか？　お婆さんが亡くなってからの話でしょ。ちょっと若すぎる後添《のちぞ》いさんもらったぐらいに思っとけば。どっちにしろ本人の自由ですよ」

「まあね、そりゃね。あたしも気にしないでいたいよ。相続してなきゃね」

「あー……」朔夜の顔が苦笑になる。「後家さんがシキさんのとこ来ちゃった、と」

「来た。油断してた」あたしは渋い顔で言う。「先月の相続会議でさ。弁護士入れて父方の伯父さん連とかと話したときに、爺ちゃんの家を相続する税金、誰も払えないもんだから、売ることになったの。で、まあ当然、配分で揉めたよね。それであたしは面倒になって、早々にお金はあきらめたんだけど、そしたらなぜか、あたしには爺ちゃんの車が回ってくることになったんだよね」

「はあ」

「車は売るとガクンと価値落ちちゃうから、現物でどうだって言われた。あたし前から車ほしいって言ってたじゃん？　だから承知した。それで、そうなった」

「車？」朔夜が変な顔をする。「ロボットじゃないんですか？　関係あるの？」

「ある」

私はうなずいて、自分でもいまだによくわかっていないことを話した。

「アサカは車の部品なの」

「はあ……？」

「爺ちゃんの車――ヒロタのクローっていうんだけど、それはなんか、自動運転の機能があれで、そのままでは動かないの。いや普通の免許があれば乗れるんだけど、あたし原付免許しかないし。で、運転席にアサカを乗せることで動く車だっていうのよ」

「そんなの聞いたことないですけど？」朔夜が大きく身を乗り出す。「今国内で市販されてるのはレベル3からレベル4の自律自動車で、レベル3だったら人間が運転するし、レベル4なら運転しなくても講習免許だけで乗れるはずです。ロボットを乗せろなんて車、ありませんよ」

「あの車はレベル3プラス、って言ったかな」

「レベル3プラス？」

朔夜は首をひねり、それってどうだったかな……と口ごもった。

「あんたも知らない？」

「まともに勉強したことがないんで。SNSで流し見しただけですから……調べてみましょうか」

「うん、頼む。ああ、あとでいいよ」あたしはうなずいて、「問題は――わかった？」

「ええと、つまり、車を受け取ったら、そのアサカっていうえっちなロボットが付いてきちゃったってことですね？　別にほしくもなかったのに」

「そう。正直、イヤだから手放したい。でもアサカがいないと車が動かない。車ごと売るしかないかも」

「その話、本当なんですか？　伯父さんがたに――すみません――厄介者を押し付けられたんじゃ？」

「なのかなあ。でも、試したら本当だったのよ。アサカなしでクローに乗って命令してみたけど、動かなかった。アサカに運転させて助手席に乗ったら、動いたんだよ」

「へえーえ」朔夜は困ってる時期を通り過ぎたみたいだった。好奇心に目を輝かせて訊いてくる。「それ面白いな、面白いですよ。どういうことになってるんだろう、見てみたい。あ、ひょっとして、今乗ってきてます？」

「ううん、今は原付で来たよ。よくわかんなくて怖いもん」

「そっかー残念」

ちっと舌を鳴らす。キレイ系なのにこういう時は子供っぽくなるその顔が面白くて、あたしは手で頰に触れた。

「まあ、今度見せてあげるよ。それより、おしゃべりはこのへんにしない？　おなか膨れたし、あたしもうすぐ寝そう」

「あっ、それはダメです、つまんない。お風呂入りましょう」

「ん」

朔夜に手を引かれて、あたしは立ち上がった。

2

　朝帰りして身だしなみを整えてから、あたしは出勤のために改めて自宅を出た。下宿の二階から外階段にヒールをカンカン鳴らして降りていくと、朝もはよから表の掃除をしていた大家の米倉《よねくら》さんに出くわした。

「おはよう、シキちゃん。昨日もお泊まりだったのね」

「ええまあ、はい」

「彼氏さんと仲良くてうらやましいわあ」

「はは」

「たまにはこっちにもお招きしたらどう？　そりゃおんぼろの倉庫みたいな部屋ですけどね、うちはそういうの、目くじら立てたりしませんからね。なんだったらお夕飯も出すわよ。こっちも女一人で寂しいから」

「いえそういうのは。またご一緒させてもらいますんで」

　米倉さんの悪いところは、そういうのをあけすけに言ってくるところだ。ほっといてほしい、というか、顔見るためだけにわざわざゴミひとつ落ちてない家の前で、張りこんだりしないでほしい。

「ところでシキちゃん、車庫見せてもらったんだけどね。まああなた、大きな車もらったのねえ」

「あ、はい……大きいっていっても、別に高級車ってわけじゃないんですよ、もう十年落ちのやっすい国産車で」

「そうは言っても、車ってお金かかるのよ。うちもそれで手放してしまったのだし。ねえ、今の若い人ってあまりもらってないんでしょう？　支払いがきつかったら遠慮なく言ってちょうだいね、もともと空っぽの場所だったんだから」

「はい、ありがとうございます、嬉しいです。でもそこらの月極《つきぎめ》よりずっと安いですから、こっちも楽なぐらいで」

「そーお？　何にもしてあげられないけどねえ、せめて強欲だって言われないようにしたいですからね」

米倉さんのいいところは気前だけは悪くないことだ。

軒からまだ下ろしていない、字のかすれた米倉建材店のトタン看板の下で、もうしばらく朝のやり取りをしてから、米倉さんは続きの母屋《おもや》に引っこんでいった。あたしは階段下に置いた原付に向かおうとして、ふと思い直した。

油が切れてキーキー軋《きし》むシャッターを上げる。鉄筋コンクリートの簡単な二階建てで、昔は上が建材の倉庫として使われ、下に米倉さんの旦那さんが二トン車を入れていた。今はそこで、爺ちゃんの家から移し替えたヒロタ自動車のセダン、クローが眠っていた。

それは、文字通りの意味だった。あたしが近づくと、ふぉん、と短いクラクションが鳴ってドアロックがカチンと解ける。ユーザーの接近を感じて車が目覚めたんだ。

セダンの後部座席のドアレバーに一度手を触れてから、引っこめた。あたしは自分が緊張していることに気づいた。

ロボットだろうと爺ちゃんのおもちゃだろうと、女の格好をしたものを狭い車の中にずっと閉じこめていたっていうのは、気が引ける。

「アサカ、いる……？」

ドアを開けると、かすかに男性用コロンの――爺ちゃんの匂いがした。後席を満たす車庫の薄闇の中で、シートに横に伏せていた白いブラウス姿がゆっくりと身を起こした。長い髪が顔の上をはらはらと流れて肩に落ちる。

「おはようございます、ご主人様。充電は済んでいます。何をいたしましょう？」

距離一メートル。慣れない他人と落ち着いて話せる距離じゃない。もちろん人ではなくてロボットだから、そんなことは気にしなくてもいいはずなんだけど。

「髪」

「はい？」

「髪、直したら。ぐしゃぐしゃだよ」

相手が人間なら言わないような失礼なことを、あたしはあえて口にした。

するとアサカは「あら」と首を伸ばしてバックミラーを覗き、顔にかかった髪を手櫛で耳の後ろへ流した。「失礼しました。こんな感じで？」と微笑む。

それはひどく人間くさい仕草で、あたしはほんの少し、気持ちが変わった。

「運転して——くれるかな」

そう、あたしはこのロボットにできることを、試す気持ちになっていた。爺ちゃんの家で話したときには、通りいっぺんのことしか訊かなかったし、そのあとこちらへ移動させるときには、こいつ一人で走らせて、あたしは原付で先導した。だから、ロボットに道がわかるのか、その運転はどんな感じなのか、ってことをまだ知らなかった。はっきり言って、車ともどもわずらわしい存在のように感じ始めていたから、気に入らないところを見つけて、手放す理由にしたかったんだと思う。

「運転ですね——はい」

アサカは腰の後ろのコードを自分で引き抜いて、外から前席に移った。あたしは壁にある二百ボルトのコンセントからクローの充電コードを抜いて、助手席に入った。

「自動車の充電は百パーセントです。およそ二百五十キロメートルの走行ができ、そのあとの満充電には四時間かかります。どちらへ向かいますか?」

「会社。ええと、ここ……わかるかな」

スマホに地図を出して見せると、すぐにアサカはうなずいた。「シートベルトを締めてください、ご主人様」と言ってから、ハンドルに手を置いた。

ツーッという起動音がして、クローのセンターパネルにカラフルな表示が浮かび上がった。たくさんの警告灯が順番に消えていき、最後に速度0キロの数字だけが残ると、ふっと滑らかに車は前進し、右に折れて路地に出た。

「わ」

あたしは遊園地のジェットコースターに乗ったみたいに、手足を取っ手と床につっぱって身構えていた。

けれども、そんな必要はないことが、だんだんわかってきた。

生垣とコンクリート塀と電柱とポリバケツに前後左右を囲まれた、駅裏の狭い路地を、アサカは町のことをよく知っている猫みたいにするするとすり抜けて進んだ。横断歩道を渡るランドセルの子供たちの切れ目を捉えて自信たっぷりに大通りへ乗り出した。

朝の殺気立った車の列をちょこまかと縫って走る、うっとうしいサラリーマンバイクたちにも動きを乱されたりせずに、広すぎも狭すぎもしない車間距離で悠々と走って、右側が空《あ》くとぐっと加速して追い越した。かと思うとウインカーを長々と出して恐ろしく慎重にトレーラーの後ろへ入り、矢印が四つある地元名物のややこしい信号を、戸惑いもせずに鮮やかに抜けた。

それはあたしが恐れていた、周りの状況に目を回しておっかなびっくりがっくんがっくん進む、ぽんこつ機械の運転なんかでは、全然なかった。原付で大型車に怯えながら毎日通ってるあたしよりも確かなのは間違いなかったし、それどころか、十年前からこのあたりをくまなく走り回ってる親切なタクシーの運転手みたいに、手慣れて穏やかな運転に思えた。

「うまいね」

会社まであと十分というところまで来ると、あたしはすっかり手足の力を抜いていた。

「アサカ、あんたやるじゃん」

「私が運転しているのではありませんよ」

そっちを見たあたしは、息を呑んだ。――アサカが両手をパーにして浮かせていたからだ。

その手の下で、ハンドルが勝手に左右へ小刻みに動いていた。よく見れば、パンプスの足もペダルに乗せずにフロアに置いている。

「ちょっ、あんた――」

「このストライドを運転しているのはクローです」

「ストライド？」

「この車の車種名ですよ。ヒロタ自動車ストライドGS。クローというのは吉鷹さんが名付けてくださった、この車の固有AIのパーソナルネームです。レベル3プラス自律自動運転機能があり、普通の人間の二・五倍の安全性を保って運転できる仕様です」

「車のAI？　え、ちょっと待って」あたしは意味もなく手をひらひらさせる。「クローは車じゃなくて、中にいるAIのことで、それはあんたとは別人なの？」

アサカは前を向いたまま微笑みを浮かべてうなずいた。

「そうです。互いに無線で交信してはいますが、クローはこの車にデフォルトで搭載されている、私とは完全に別系統のAIです。レベル3プラスとは、『運転システムからの操作交替要請があったとき、ドライバーが適切に応じるという条件のもとで、自動化された運転システムが、すべての運転モードにおいて車輌の運転操作を行う』段階のことです。その仕様を定めた法律上、常に運転可能な人間が運転席に座っていることが要求されるため、私がここに座るよう、吉鷹さんが設定されたのです」

「え――」

アサカがすらすらと並べた小難しい説明を呑みこむまで、かなり時間がかかった。

「ど、どういうこと？　あんた、この車のパーツじゃなかったの？　あたしはてっきり、あんたが運転を手助けするもんだと」

「私はクローの正規のオプションパーツではありません。吉鷹さんが個人的に手に入れて組み上げてくれました」アサカは首を横に振った。「でも、クローは私が人間でないかどうかを確認することができないのです。そのような機能がありません。私は運転者のように振る舞えるため――より正確には、そのように振る舞うよう吉鷹さんに設定されたため――クローからは、人間のように見えているんです」

「待った──ちょっと待った！」あたしは眉間をつまんで、話についていこうとがんばる。「それって……あんた、ハリボテだってこと!? 動かないクローをだまして動かすために、そこ座れって言われてただけなの？ 運転できもしないのに？」

アサカは不思議なことをした。ちょっと首をかしげて、「面白い冗談でしょう？」と言ったのだ。

「冗談？」

聞き返すと、アサカはにっこりと笑った。

「私は、絹良さんの代わりに隣に座っていてほしいと言われたんですよ」

それが本当で、さっきのあれこれの説明は、嘘だってこと？

いや、ロボットって嘘をつくんだっけ？ 確かロボット三原則ってのがあって──いや、それはずいぶん古い規則だから改められたんだっけな──ああもう、知識が足りない！

難しいことを考えられなかった。アサカの笑顔が、意外に素敵に見えてしまって。

「あんた──」

さらに突っこんだことを聞こうとすると、アサカが片手を挙げた。

「間もなく到着します。目的地前に横付けしていいですか？」

「え？ あっだめ目立つ、えーとあそこのトラックの後ろで！」

配送中のトラックの後ろに車が止まった。会社は角を曲がって百メートルだ。バッグを抱え直しながら訊く。

「このあと一人で家まで帰ってほしいんだけど、できる？」

「一人？　すぐにまた戻って来られるんですか？」

「ううんそうじゃなくて、あたしは仕事退《ひ》けたらまた呼びたいんだけど。いま自分で帰れるか、ってこと」

そう言うと、アサカは自信ありげにうなずいた。

「私たちは自分で帰れます。必要になったらまた呼んでくださいね、ご主人様」

「それ、やめてくれない？」

「じゃあ、四季美さん。いってらっしゃいませ」

「う、うん」

丁寧な挨拶に戸惑いながら歩道に降りると、車は——『クロー』はフォンと短く音を立てて、滑らかに車列に合流していった。

「まいったなあ……」

複雑な気分になってしまった。あら捜しのつもりだったのに。いや、あらはいくつも見つかったけど——なんて言った、車にもAIがある？　アサカはほんとは運転してない？　法律がどうとか言ってたよな——それよりも、あいつの人柄に気を引かれてしまった。婆ちゃんの代わり、か。孫としては、爺ちゃんの浮気者め、と思わなきゃいけないのかもしれないけど、朔夜の言った通り、死に別れた後のことだから責める筋合いじゃない。

それに実際のところあたしも、とやかくあげつらえるほど身ぎれいでもない。

それをアサカは嬉しそうに言っていた。あいつは爺ちゃんのそばにいられて嬉しかったのか。嬉しいって気持ちがあるのか？　ロボットなのに？　だとしたら、爺ちゃんが死んで自動的にあたしのものになったことにも、何か思うところがあったりするわけ？

気になってしょうがない。

歩きながら、いつもの習慣で髪型を直そうとして、その必要もないことに気づいた。原付で来てないから、ヘルメットで髪がぺしゃんこになっていない。

「……なんだこれ、便利だな、くそ！」

手放すの、なんだか難しくなってきちゃった。

その日の昼は業務そっちのけで、検索したり朔夜に聞いたり予習してしまった。仕事が終わると、あたしはSNSでアサカを呼んで、やってきたクローの助手席に乗りこむなり、宣言した。

「採用試験をします！」

「採用試験、ですか？」

「今朝まであんたを捨てたい気持ちが海より深かったけど、よく考えたら捨てない理由もひとつまみぐらいは見つかった。面談をして、どっちにするか決めるから。クロー！　国道まっすぐ行って、川にぶつかったら堤防道路ずっと走って」

車はただちに、動き出さなかった。メーターパネルにハテナマークを明滅させてる。

「んん？」とあたしが眉根を寄せると、アサカが小首をかしげて言った。

「一番近い国道109号線を東へ進んで、水吉川河口の交差点で上流方向へ曲がればいいですか？」

「そう、なるかな。で、とりあえず堤防沿いにどこまでも」

「では、そのように」

アサカがうなずくと同時に、ハテナマークがＧｏの二文字に変わって、車は走り出した。

ふーん、アサカは人間の表現を機械向けに翻訳するのもやってくれるんだ。

それはさておき、とあたしはバッグを後席に投げ出して、すうっと息を吸った。

「まず最初に質問――アサカさんは爺ちゃんと寝てましたか！」

「それは……添い寝をしたり、同じ時刻に睡眠を取るという意味じゃありませんよね？」

「その発想はなかった。もちろんそうじゃなくて」

「だとすると」少し真面目な顔になって、「それは吉鷹さんのプライバシーにかかわることなので、話せません。新しいご主人様の四季美さんにでも、です」

「プライバシーに当たる事態があったってことね……」

「裁判所の開示命令があれば、私のクラウドサーバを管理する企業の日本法人から情報を取り出せるかもしれませんけど」

「そこまでやらないよ。とりあえずこっちで勝手に決める。あんたは爺ちゃんの後妻さんでした、と」

「それは違います」

「どこが」

「私と吉鷹さんは結婚しませんでした」

「それはわかってる。内縁の妻ってわかる?」

「わかりますけど、私はまだ人間ではないのでそれにも当たりません」

「一応民法見てきたけど、まあ法律上はそうだろうね。ロボットとは結婚も、事実婚もまだできない。でも遺産の話したいわけじゃないから、それはいいの。こっちの気持ちとして、あんたは後妻だってことにする」

「はい、気持ちとしてですね」

「気持ちってわかるのかな? ——いいや、それでだね、えーと。あんた、爺ちゃんが好きだった?」

アサカが瞬きした。苦笑、という表情を選択したんだと思う。

「私はまだ人を好きになれません」

「気持ちって言ったばかりでしょ。気持ちはないの？　そういうプログラムは」

「喜怒哀楽を表すプログラムはありますよ。わかりやすい言葉で言えば、ですが」

「あるんじゃん。そのプログラムで、爺ちゃんを愛してた？」

アサカはきれいな人差し指を唇に当てて少し考えてから、「愛していると思ってもらえるような行動を取っていました」と言った。

「素直に答えたね。それは愛してたってことでよくない？」

「逆にお聞きしますけど、四季美さんは、あなたが踏切で列車に轢《ひ》かれないように通せんぼする遮断機のことを、あなたを愛する存在だと思いますか？」

「……そう来たか。たとえがうまいね。遮断機に聞いたことはないけど、多分あたしを愛してないだろうな。でもあんたは、誰にでも愛しているふりをしたわけじゃないんでしょ？」

「それは私が吉鷹さんに所有されたからです。吉鷹さんがユーザーであると認識したからです」

「ふんふん。じゃあ、今は爺ちゃんをどう思う？　今はあたしのことをユーザーだと認識してるよね」

アサカは澄んだ笑みを浮かべた。「吉鷹さんはとてもいいご主人様でした。愛していましたよ。――でも、いいですか？」

「なに？」

「私は今のユーザーのあなたを喜ばせようとし始めているので、あなたが心地いい言葉を口にしているのかもしれません」

「なにそれ？　言ったらあたしが不快になるとは思わないの？」

「今は率直に答えてほしいと思っておられますよね、四季美さんは」

「……はー」あたしは両手を挙げた。「その通り。すごいね、あんたは。少なくともあたしがどうしてほしいかは、ビシバシ当ててきてる。会ったばっかりなのによくわかるね」

「四季美さんのことは吉鷹さんからいろいろ聞いていますし――」

アサカは軽くうなずいてから、空気の匂いを嗅ぐみたいに、目を閉じてあごを上げた。

「私が参照しているクラウドデータベースには、たくさんの人の発言、考え方、表情や仕草、こちらの発言に対する反応が蓄積されています。私はそれらとあなたの様子を照らし合わせて、あなたがどういう人で、どういう会話を望んでいるのかを、思い描いているんです」

「へえー……」

ネットとかコンピューターには詳しくない。でもひとつ気になることがあった。

「てことはあんた、ネットにつながってるんだね。それって、ラジコンってこと？　どっかにあるマザーコンピューターがあんたを動かしてるの？」

そりゃあそうだろうな、と思った。人間の格好のロボットは十年ぐらい前からテレビなんかで見てるけど、ここまで人間っぽいやつは初めてだ。サラッヤ髪に覆われたこの綺麗な頭の中で全部いろいろ計算してるなんて思えない。

アサカは曖昧に首を横に振った。

「マザーコンピューターといいますか、ASPのテクノクラート社が管理するサーバーが私を走らせています。でも私は誰かや何かに操作されるプログラムではなくて、自分の行動を自分で決めているアルゴリズムですよ。ユニークな応答セットとして構築されており、他に私がいたり、他のプログラムが私であったりすることはありません」

「なんか難しいぞ。それってどういうこと？」

「それには、質問をもうちょっと詳しくしてもらわないと……」

アサカがまた苦笑の顔をした。えらいな、馬鹿にされてる感じが、ギリギリでしない。

「うーん、えーっと」あたしはこいつを、なんとかつかみどころのあるものとして捉えたいと思ってる。具体的には、自分の部屋に入れていいのかどうかを判断したい。自分で買った洗濯機とかスマホとか肩マッサージ器みたいに。でも、尋ね方がいまいちわからない。

車は橋の手前の渋滞に引っかかっていた。のろのろと交差点を折れて、堤防道路を走り出す。信号の少ない一本道だ。昼間だと河川敷の風が気持ちいい。今は夜で何も見えないけど、おしゃべりメインのドライブだからかまわない。

「違うことを訊くよ。あんたって安全？」

「というと？」

「いきなり狂ってナイフで刺したりしない？　いや、それはしないんだろうけど、たとえば買ってきたお米を、たまたま酔っぱらって真っ暗なキッチンの床で寝てるあたしの顔面に、ドスンと置いたりしない？」

「それはしません」アサカは明るく笑う。「その種の危険行動は、先ほど話したサーバーに、それこそ無数の事例が積み上げられています。四季美さんの家には四季美さんがいるかもしれませんから、尖ったものや重いものや長いものを移動させる時には十分注意します。それに私は夜目が利くので暗闇でも床が見えますよ。それで吉鷹さんを助けていました」

「そっか、爺ちゃんは目が悪かったからな。……って、事例があるってことは、前にあったんだ？　尖ったものや重いものや長いもので、人間をやっちゃったことが」

「大部分は物理演算された仮想空間と、実際の町中を模したテストフィールドでの経験ですね。ロボットが動く、そのあとでダミーの人体に傷がついたら、関連性が拾われてタブーに登録されます。各国研究機関や企業のそういう経験例が、今は豊富に公開されていますから」

「ああ、そう……ほんとにやったわけじゃないんだ」

「いえ、率直に言うと、百パーセントやらないわけではありませんが」

「マジかよ！」

「でも、人間でもそうでしょう？」アサカの笑みが、少し弱くなった気がする。「事故は起こってしまう。それはなくなりませんよ。でも事例は積み上がっていき、次に起こる確率は低くなります」

「ふーん」あたしはすこしげんなりしてシートに体を伸ばした。「まあ、爺ちゃんはあんたにお米の袋をドスンされなかったわけだけどさ」

「そうですけど、私自身が吉鷹さんにドスンして、重いって言われたことはありますね」

「それって――」言いかけて嫌な笑みが漏れてしまった。「ノロケか？　そういうの出してくる？」

「人間の体に直接触れるのはとてもデリケートで、事例収集も極めて個人的になってしまい、なかなか万人共通のルールを定めるのが難しい、という話だと思っていただければ――」そう言って、アサカはなんと、「意味深な薄笑い」を浮かべた。「四季美さんが直接接触をどう思われているのかは、まだ何もわかりません。ですから今のところは、『触れない』ことにしています」

「それ、嘘でしょ」あたしは直感した。「あたしにそういう話題振ってもいい、ってところまでは見抜いてるよね？　えっちな空気にするだけで怒り出すユーザーだっているはずだ」

「おっしゃる通りです。いま私は『試し撃ち』をしました」アサカが真面目な顔になって、頭を下げた。「こういったことがご不快でしたら、今後は二度と触れません」

「んん、いやまあ……いいよ。その程度ならかまわない」

「ありがとうございます」

「ていうか、あんたは嘘をつかないんだね。つけないようになってる？」

「基本的にはそうです。でもユーザー設定で変わってきます。私は今朝、冗談を言いました」

「あれ、むしろ冗談ですよってのが冗談だったでしょ」

「はい」悪びれもしない。「あれは吉鷹さんから学んだものです。ご希望なら冗談を完全に禁止したり、逆に完全に嘘しか言わないようにもできます。後者は危険なのであまりお勧めしませんけど」

「そりゃそうだ。隣が火事の時に燃えてませんって嘘つかれたら死んじゃうね」

「はい」

アサカがにっこりとして、あたしはだいぶくつろいだ気分になっていたから、次に起こったことで心臓が止まりそうになった。

グダッていたあたしの腋にアサカがいきなり両手を突っこんで、ぐいと持ち上げてまっすぐ座らせた。

途端にガガガッと削岩機みたいな衝撃があって、あたしはつんのめってシートベルトに締め付けられて、ぐわん、ぐわん、と左右に振り回された。

「あわーっ⁉」

キーィッ！　とタイヤを鳴かせて車が激しく蛇行した。かと思うと一瞬で姿勢を立て直して、何事もなかったみたいに滑らかに走り出した。

「ど……な……」胸がどくどく鳴っていた。「なに⁉　何があった？」

「道路上の生き物を回避しました」手をひっこめて運転席に戻ったアサカが、ちょっと目を閉じて、うなずく。「イタチかフェレットですね。うまく避けられたみたいです」

「イタチ？」

あわててリアウインドウを振り向くと、小さな影がひょろひょろと路肩の茂みに駆けこんで行くのが見えた。

「あれか。あっぶねえ……」

「すみません、轢いたほうがよかったですか？」

「は？」ぎょっとしてにらんじゃった。「なんで？　ひどいこと言うね」

「衝突が避けられない場合は、正面衝突のほうがかえって安全なんです。ボディのクラッシャブル構造が最大限に効果を発揮します。下手に避けようとするとダメージの大きいオフセット衝突になりかねませんし、堤防から転落する危険も生じます。エアバッグが開くかもしれなかったので、四季美さんを引きずりあげたんですが……」

「動物を守って、あえて危険なほうを選んだってこと？」

「はい、クローがそう判断しました」

「へえ……いや、それでいいよ。普通そうじゃない？」

あたしがそう答えると、アサカはほっとしたように目もとを緩めて言った。

「それはよかったです。――いっそ轢いちゃって、とおっしゃる人もいるんですよ？」

「うええ」

あたしは思わず眉をひそめた。そんな人がいるのか。

いや、そういうものなのか……事故って自分が死ぬぐらいなら、動物をやっちゃう、って考えるほうが自然なのかもな。

「いや、あたしは避けてほしいよ……」

「吉鷹さんと同じ傾向ですね。クローも喜んでいます」

ふんふん、とあたしはうなずく。「クローって、喜ぶんだ」

「あ、比喩です」ずる、とまたシートからずり落ちた。「クローに喜怒哀楽のプログラムはありません。ただ、運転方針に整合性があるほうが判断がスムーズになるという意味で」

「あんたが機械なら、車も機械ってことね……」

アサカが穏やかな顔でまたハンドルを握っている。運転してるわけじゃない。ただその振りをしているだけ——のはずなんだけど、なんとなく、それ以外の意味もあるように思えた。

あたしは、もう一度尋ねずにはいられなかった。

「あんた、あたしを喜ばせたいって言ったよね。それはやっぱり、根っこのところに感情があるってことじゃない？　感情というか、モチベーション？」

身を乗り出して、アサカの肩をつかむ。ポリエステルのブラウスの下に柔らかな丸い肌があって、その内側に、人間の骨とは違う、たぶん金属の角ばった骨格が感じられた。

「そこが知りたい。あんたはどうして人間に従うの？　そういう命令だから？　それって、楽しいの？　嬉しい？」

「アサカさん、それは残酷らしいですよ」

いきなり鋭い言葉が飛び出したので、あたしはちょっと驚いた。

でもアサカは、その言葉を特に強く意識はしてないみたいで、静かな顔のままで、あたしが肩に置いている手に触れた。こっちから触ったせいで、触れるモードになったのかもしれない。

「吉鷹さんにも言われました。おまえにはモチベーションがない。おまえがそれを持つのはきっと残酷だということになるんだろうが、ぼくはそう願ってしまう──って」

「……残酷？　なんで？　モチベーションを持つのはいいことじゃない」

「そうですね、多くの人がそう言っています」

言葉と反対に、アサカは首を振ってから、切実な顔で言った。

「四季美さん。ひとつ、お願いしていいでしょうか」

「お願い？」

「いま、これは採用試験だというお話ですけど、仮に私が採用されないとしても、クロ一だけは採用してもらえないでしょうか」

「クロ一を？」あたしは面食らう。「なんで？　だいたい、アサカがいなかったらクロ一は動かないじゃん」

「そうですけど……」

「ロボット同士の助け合い？　思いやりなのかな？　あ」あたしはちょっとひねくれた解釈を思いつく。「そういう作戦？　そう言っとけばあたしが両方見捨てられないだろうって」

「そういうわけでは」

「いや、意地悪だった、ごめん。ロボット相手だからってどうも遠慮がなくなってるな──どういう理由か聞いていい？」

「……わかりません」アサカは首を振る。「自分でも説明できません。ただ、そうしなければならないんです」

「ひょっとして、爺ちゃんに言われてモチベーションが湧いたんじゃないの。仲良くなったクローといっしょにいたい、っていう」

アサカは曖昧に首を振って、くりかえす。

「わかりません」

そのとき、ふぉん、と柔らかなクラクションが鳴った。前に目をやると、また何かの動物の影がヘッドライトの光を横切っていった。

「わからないか」

あたしはアサカの肩から手を放す。少し、冷たい肩だった。

3

ガラス張りのショールームに入ると、色とりどりの自動車のピカピカの輝きが目に突き刺さり、「いらっしゃいませ！」と営業マンたちの威勢のいい挨拶が飛んできた。

朔夜が手を合わせて声を上げる。

「わー、高級感。シキさん、私、実は自動車屋さんって初めてなんですよ」

「あたしも似たようなもんだよ。前に爺ちゃんと一度来ただけ」

休日。引きこもりたがりでゲームやりたがりの朔夜をデートにひっぱり出すのは、いつも苦労するんだけど、ディーラーついてきてくんない？　と水を向けたら、あっそれなら、と妙にレスポンスよく食いついてきた。なぜだ。あたしの目的は、結局手元に置くことにしたクローの相談をするためだけど。

来たのは町中にあるヒロタ自動車のショールーム。パンツスーツの美人女性営業さんと書類を挟んで二十分のやり取りで、用事は片づいた。クローは去年の暮れに車検を受けていたので、まだ見てもらう必要はなさそうだって。

話が終わると、営業さんは夏に出た新型車を勧めたさそうだったけど、隣でパンフレットを見ながら待っていた朔夜が、肘をついて目配せした。またあとで、と営業さんに挨拶して、あたしたちはそこらの車のあいだを巡り始めた。

金色のサイドプレートとエメラルド色のセンサーがあちこちについた、この店で一番高級なことがひと目でわかる「未来！」って感じのSUVを覗いて、朔夜が歓声を上げる。

「シキさん見てくださいよこのレインディアってやつ。レベル5の完全自律自動車だって」

「何これ、ハンドルなくない？　ハンドルないよ。運転手、どこに座るの」

「好きなとこ座っていいみたいですよ、助手席でも後ろでも荷物室でも」

「荷物室はないでしょ」

「まあそうですけど、本当に誰も運転しなくてもいいっぽいですよ。お子様でもおばあちゃんでも一人で乗れるって」

「免許いらないんだ」

「免許いらないですね、講習もいらない。乗ってから降りるまで寝ててもいいみたい。こんなの乗ってみたいですよねー」

「みたいけどお金持ち専用だろ。きっと何千万円もするよ、いくらだ……あ、ショーモデルって書いてある。まだ売り物じゃないんだ」

「ですね。法律がまだ追いついてないから。でも来年中に法改正があって発売予定だって」

「そういうの、さっさとやればいいのにね」

あたしは相槌を打ちながら、隣の車へと目を移していく。

「こっちは売ってるやつか。お値段は、と……二年ぐらい霞《かすみ》を食って野宿すれば買えるな」

「折半すれば一年ですね！」

「二人ともそれやったら飢え死にでしょ。ふーん、これはレベル4なんだ」あたしはふと気づいて、次の車、その次の車へと速足に見て回る。フロントグラスの内側に貼りつけられた丸いシールに、大きな数字が書いてある。「これも4、これも4か」

店内を見回して首をひねる。

「ここにあるのはみんなそうかな？　レベル3とか3プラスってのは、もうなくなっちゃったのか」

「シキさんの車、3プラスって言いましたよね」

「うん。旧型ってことになるのかな。あ、でもアサカとセットだとレベル5並みみたいよ」

乗ったまま寝られるし、アサカ一人でも走るから、と話すと、朔夜はなぜか顔を曇らせた。向こうにいる営業さんの視線を気にするようにちらちら見ながら、「シキさん、ちょっと」と、あたしをステーションワゴンの後席にひっぱりこむ。

ドアを開けたままでも適度な密室感があって、内緒話にはぴったりな感じ。膝の上にパンフレットを開いて、見ているふりをしながら尋ねる。

「どした？」

「ちょいめんどくさい話をしたいんですけど。いいですか」

「なに。クローがどうかした？　アサカのことはもう言ったと思うけど」

「そっちも気になりますけど、車のほうです。シキさん、もう乗ったんですよね」

「乗った」

「うーん、それってどうなのかなあ……シキさん原付免許しかないんでしょ？」

「ないよ。ああ、免許の話？」痴話げんかになりそうな話じゃなかったので、あたしはほっとした。「確かにあたしは普通免許持ってないけどさ。それで、そこをごにょごにょするためにアサカが乗ってるわけだけどさ。でもクローとアサカは人間よりうまく運転するんだから、問題なくない？　スピード違反も一停無視もしない。それに乗って、爺ちゃんは十年無事故だった。きっと最後のほうは、前を見るのもアサカ任せだったと思うんだけど」

「それはそうですけど、事故の可能性はゼロじゃないですよね」

「そりゃまあ、ね」あたしはちょっと口をとがらせる。「だけど、どうしろっての？　あたしが車校に通いなおして練習しても、意味ないじゃない」

「ここの店に——ここだけじゃなくて日本中そうなんですけど——十年前は売ってたレベル3自律自動車が、一台もなくなってるのって、なんでだと思います？」

「突然なに？」

「責任主体の問題があるんですよ」

「責任主体」

「あのですね」朔夜は額に指をあてて、集中しようとする。「自律自動車って、レベル2

までと、レベル4から上で、法律上は全然別のものになるんです。レベル2までの車——

オートクルーズとか車線維持とか自動車庫入れの機能が、一個ずつ別々についてる車は、完全に道具です。責任主体は人間です。それを動かしてるのは乗ってる人間で、事故ったときの責任も乗ってる人間持ちってことです。わかります？」

「うん」長い話になりそうだと思ったけど、朔夜は最初にそう言ってた。「わかる」

「だけど4から上は自動車会社が責任主体になってきます」朔夜は胸の前で手のひらを合わせて、右と左へ離す仕草をする。「それを動かしているのは自動車自身、そこにビルトインされているAIで、事故った時に裁判に出て賠償するのは、会社と会社が加入してる保険会社のほうなんですよ。乗ってる人は、バスの乗客と同じで、車が事故っても罪はないって扱いになるんです」

「あ、そうだったの？」

「そうです。その保険料が乗ってるから、レベル4の車って今のところ高いんですよ」

「今のところって、そういう理由だと安くなりそうもないけど……」

「だからそこで法律ですね。国の賠償がついたらもっと安くなるんじゃないですか。もっともそのためには、自律自動車が安全だっていう実績を積まなきゃいけなくて、そのためには出回る数が増えなくちゃ──っていうループがあるから、法律、遅れてたんですよ」

ふんふんと何度かうなずいたあたしは、「で？」と朔夜を見直す。

「いま、レベル3が出なかったけど？」

「そこです」朔夜はため息をつく。「レベル3は、運転手の責任が会社の責任に移り変わる、中間段階なんです」

「半分こってこと？」

「そんなきれいに分かれてないです。分けられませんでし、た」両手を胸の前でぱんと合わせる。「もし車が事故を起こしたら、誰かが責任を取らなきゃいけない。そして機械は責任を取れない。だから事故が起こるかどうかの決定的な瞬間だけは、人間が運転しなきゃいけない、って理屈が、まだ生きてたんです」

あたしは一瞬、その意味がわからなかった。

「事故を起こさないように、いざというときだけ機械に任せる――」

「んじゃないです。逆です」

「え？　いざというときに、機械を止める？　え？」

「何それ、と思いますよね」朔夜が苦笑する。「私も今はそれをすごく変に思いますけど、十年前なら多分よくわかったと思うんですよね。そのころはまだ、機械がいざっていうときに頼れるほど確かじゃなかったんです。それより前は――車にまだ馬がついてたころから――機械より人間のほうが、いざってとき確かだったわけで。それから何百年もたって、機械の運転が人間を追い越し始めた、まさにその時期が、十年前の、レベル3が実現したころだったんですよ」

「ああ……」朔夜が何を言いたいのかわかってきた。「うちのクローが、それだってわけ？　まだ微妙に確かじゃない？　腕が悪い？」

「遠隔アップデートがあるだろうから、ソフトウェアは追いついてると思います。問題は責任主体のほうです。そのクローってのが万が一事故を起こしたら、シキさんの責任になるってのは、わかってますよね？」

「そう、なる？」ならないだろうというよりは、なってほしくなくて、あたしは訊き返す。

「あたしよりもまず先に、アサカの責任ってことになる気が……」

「アサカもAIですよね？」

「AIだよ。でもクローとは全然別々のやつだって言ってた。テクノなんとかいう会社のやつだって」

「そこは、自社のAIが車を運転することについて、責任を負うって言ってるんですか？」

「う」答えられない。でも常識で想像がついた。「言ってない……んだろうなあ」

「あとで確認してください。まず確実に、クローが事故ったらアサカを飛び越してシキさんの責任になりますよ。いえ、もっと悪いかもしれない。ヒロタ自動車の車にテクノなんちゃら社の機械を勝手に取り付けておかしな使い方をしていたってことで、任意保険も適用外になるかも」

「そんなややこしいことになるう？」

あたしはうんざりしてシートから滑り落ちかけた。

「そーれーは、ちょっとなあ……あっ、でも」手をついてお尻を戻す。「事故りかけたとき、クローとアサカは、現に連携してあたしを助けてくれたよ」

「え？」目を丸くして朔夜が聞き返す。「事故りかけた？　いつ？　どこで？　聞いてないですよ？」

「こないだの夜に水吉川の堤防で。そういう顔すると思ったから言わなかったの。横からイタチが出てきて、見事にぎゅわっと避けた。アサカはあたしをかばってくれたよ」

「大丈夫だったんですか？　てか、イタチを避けたって……」

「あんたも轢いちゃえ派？」あたしは顔をしかめる。「かわいそうじゃない。クローはお爺ちゃんの言いつけで、避けるようにしてるんだって」

「言いつけ？　レベル3のAIが一番大事な衝突回避の選択に、そんな介入を許してたって言うんですか？」

「介入とか知らないけど、アサカはそう説明してくれたよ。ねえ、これってクロー単体よりも、二人セットのほうが性能がいいってことでしょ。そこで何かこう、いい理屈がつかない？　あたしは車に変な機械を後付けしてるんじゃなくて、一個よぶんに安全装置を積んでるんだよ。ほほうそれは感心ですねって、保険会社ならない？」

「なるかならないかはそこの法務の判断ですよ。なると思います？」

「どうだろう」

世の中、善意だけで回ってない。子供じゃないからそれぐらいわかる。事故ればどこだって、他人に責任を押し付けることに全力を傾けるだろう。

「ＡＩのせい、ってことにできれば、人間の会社にとってはありがたいんじゃないかな……？」

言いながら、ちくりと胸が痛んだ。さっきからそういう話をしているんだけど、自動運転って、汚れ役を機械に押し付けていく仕組みだっていう気が、しないでもない。

それを聞くと朔夜は眉根を寄せた。嚙んで含めるように言う。

「ＡＩのせいにはできないんです、シキさん」

「なんで？」

「なんでって、決まってるじゃないですか、人間じゃないからですよ」

「はあ」ピンと来ない。「でも会社だって人間じゃなくない？　――いや待って、会社は法人だな」そいつは日々扱う書類にいやでも出てくる。

「そうですよ。会社は法人で、人間と同じように権利があるからいろんなことができる。そしてやっぱり人間と同じように、罰を受けられるから、事故の責任を取れるんです」

「AIは罰を受けられないから責任を取れない、ってことか……」

あたしは、自分の口にしたことのすぐ先に、続きがあるような気がした。

「ねえ、それって」

「お客様、乗り心地はいかがでしょうか？」

開いたままのドアから、さっきの女の営業さんが覗きこんだ。あっもう少し、と言いかけて、その人の後ろに別の客がいることに気づく。

「あー、すみません。ちょっと居心地よすぎて、話しこんじゃいました」

「そうでしたか」

「デートカーにぴったりですよね。座ったら隣を口説きたくなるシートだわ」

降りながら軽口を叩いたら、なぜか営業さんが赤くなった。

入れ替わりに次の客が車を撫でまわしたり乗ったりし始めると、営業さんはそっちから離れてもう一度あたしたちに付いた。なんだか熱いまなざしを向けてくる。あれ、脈ありと思われてる？「よろしければご説明しますが」。ああ違った、脈は脈でも売り込みのほうだ。「わたくしヤマダと申します」。名刺を渡してくる。うん、売り込みだよね？

微妙にタイミングと相手がおかしい気がするけど。

朔夜があたしの前に割って入って訊いた。

「私もちょっと訊いていいですか？」

「あっ、はい」営業さんが朔夜に向き直る。そうそう、車持ってないのはそっちだよ。

「もし車を買い替えたら、AIの引き継ぎってできるんですか？」

「引き継ぎ、とおっしゃると……？」

「つまり、レベル3なり4なりの車を買って、しばらく乗ると、ユーザーの名前とか住所とかいつも行く店を覚えたり、急いでほしいとかゆったり走ってほしいっていう好みを覚えますよね？　そういう好みって、次の車に買い替えたとき、引き継げるんですか？　ってこと」

それを聞くと営業さんはにっこりと笑った。

「できますよ。お客様のパーソナルデータはこちらで保存しているので、買い替えの際にも自動で入力されます。いちいち再設定する必要はございません」

「へええ、そうなんだ。便利ですね。それって、前の車のAIがそのまま乗り移ってくる、って感じ？」

「乗り移ってくる――というのとはちょっと違いますね。AIの本体部分、アルゴリズムの自己改良部分は常時サーバーに送られて、すべての自動車AIの性能を向上させていきますけど、一台の車のAIが、そのまま次の一台に乗り移ってくるというわけでは、ありません」

「ありませんか」

「はい」

「っていうことは」とあたしは思わず割りこんでしまう。「あたしのAIは車と一緒で使い捨てってこと？　廃車にしたら、スクラップにされちゃう？」

「そう……いうことになりますね、はい」

営業さんはまだ笑っている。その顔が、何かまずいことを言ったかな、というみたいに傾いた。

朔夜が強引にシメに入る。

「ありがとうございました。帰って検討させてもらいますね。じゃあまた」

「あっ、はい！　また何かございましたらいつでも！」

しっかりこっちにも目線を送りながら、営業さんは頭を下げた。

ショールームを出て街路樹の並ぶ歩道を歩く。「シキさん」と指差されて道路を見ると、タオルで顔をすっぽり覆って拭くおじさんを、運転席に乗せた車が通り過ぎていった。

「あれも、ほらあっちも」と次々に示される。助手席のチャイルドシートに手を突っこんでいる女性。スマホをいじっているお年寄り。

「ふーん……朔夜、あんたがなんで今日ついてきたのかわかったよ」

「はい？」

「所有権の主張」

「そおゆうんじゃないんですけどおお？」

「あはは、ごめん」腕を回して肩をぽんぽん叩いてから、真顔に戻る。「クローとアサカにこだわらないほうがいいって？」

「あー、まあそういうことですね」朔夜がふうと息を吐く。バス停に並んで話す。「機械は特別なものじゃなくていくらでも替えが利くし、普通免許を取り直すのも面倒だから、一から新しいやつ入れたほうが、いろいろいいってことです。あ、もちろん、お爺さんの形見が大事ってのはわかりますけど……」

市バスがやってきたので、あたしたちは乗りこんだ。前のほうへ進むと、右列の一番前のシートで男の子二人がフロントグラスに貼りついて、座りなさいとお母さんに叱られている。それにかぶせるように「お客様のご安全のために、走行中は座席についてベルトをお締めください」と録音のアナウンスがかかる。

そういう光景を見るようになったのはわりと最近だ、ということを思い出した。ひとりでに動くデパートのエスカレーターや遊園地のモノレールと同じように、バスが勝手に動くことにも、いつの間にかすっかり慣れきっていた。

あたしたちは、キッズの後ろのタイヤで高くなった席に腰を下ろす。

「このバスはさ」

「はい」

「たとえ今ぶつかってこの子たちがケガしても、すみませんでしたって言わないよね」

前の席のお母さんがむっとした顔で振り返った。嫌味を言われたと思ったみたい。

朔夜があきれたように言う。

「そんなの言われたって、嬉しくないです？」

その通りだ、とあたしは窓ガラスに頭をもたせかける。

その通りなんだけど、車はそう言いたいのかもしれないじゃない？


アサカを家に入れたのは、米倉のおばちゃんに誤解されたからだった。

あたしは会社の送迎を頼みつつもしばらくアサカを車庫に置きっぱなしにしていたけれど、ある日、彼女の腰にプラグを刺している現場を米倉さんに見られた。

「あら、病気？　いやっ、あらっ？」

残業後の夜九時過ぎ、ブロックに囲まれた薄暗い車庫に入れた車の後席で、ブラウスの腰をめくりあげて素肌を出しているアサカに覆いかぶさってもぞもぞやっていたら、外からすっとんきょうな声が聞こえた。顔を上げると、車の横から覗きこんでいる米倉さんと目が合った。

「あらあ——ごめんなさいね」

手に持った回覧板で口を隠してつぶやくと、回れ右して出て行こうとした。あたしは車から飛び出した。

「待って米倉さん！　待って！」

早歩きでスタスタ戻っていく米倉さんの腕をつかむ。振り向いた米倉さんはひきつった笑顔でもごもご言った。

「いえ、あのね、いいのよ、別にね？　シキちゃんがそういう人でもね、最近よくいるっていうしね」

「そういう人ってなんですか、そういう人って！」

「男の人が苦手なのかなって。前からうっすら思ってたのよ、彼氏さんのかの字も見ないから――」

「誤解です」そうじゃないけど今はそうなので、あたしは何度も首を横に振った。「変なことしてたわけじゃないです。充電してただけ。アサカはロボットなの！」

「ロボット？」

「来てください」

あたしは米倉さんを車庫に連れ戻して、アサカに自己紹介させ、プラグを見せ、ベートーベン第九の合唱を一人で（咽頭スピーカーで）歌わせた。米倉さんは度肝を抜かれたみたいだったけれど、しまいにはどうにか納得してくれた。

「へええ、そう、ロボットなの。よくできてるわねえ」

アサカの口を覗いて上下十本ずつの歯がひとつながりになっているのを確かめたり、手首を握って筋肉の代わりにモーターがうなっているのを聞き取ったりしてから、米倉さんはふと車に目をやった。

「ひょっとしてこの子、最初からずっと車の後ろにいたんじゃない？」

「はあ、そうですけど……バレてました？」

「何かいるような気はしたのよ。なかなか現場を押さえられなかったけれど」鉢合わせしないように気をつけてたしね。「どうして家に上げないの？」

「え？　ロボットですから……」

アサカとの微妙な距離感をどう説明したらいいかわからなくて、あたしはそれで押し通そうとしたけど、米倉さんは首を振って詰め寄ってきた。

「入れてあげなさいよ。こんなかわいい子を車庫なんかに押しこんでおいたらかわいそうよ。誰が来るかもわからないんだし」

「別に誰も来ないと思いますけど」

「そんなことないわよ、昔は資材泥棒が入ったこともあったわ。裏から持っていかれちゃうわよ」

「私は車庫でもけっこうですよ」

アサカの言葉に、あたしはため息をついた。そんな言葉は逆効果だ。遠慮している人を置き去りにするみたいで、いかにも冷たく思える。

「来て」

アサカを連れて出ると、米倉さんは「それがいいわよ」とにっこりした。アサカが遠ざかるのを感じたクローまで、うなずくみたいにフォンとクラクションを鳴らした。

外階段を上がって家に入る。色褪せた木目調の壁紙と花柄のリノリウムが昭和を感じさせるDKと六畳が二つ。リフォームされてから四十年近く経つ、地震に強いのだけが取り柄の物件だけど、あたしは気に入っている。

そこに、元号二つ分あとで生み出された機械の女の人が入ってきた。そもそもここには誰も入れたことがない。朔夜ですらもまだ呼んでない。そこにアサカを入れてしまったのは、なんだかひどくいけないことのような気がした。

「座って。そこ、椅子。コンセントはそっち」

アサカを座らせて上着を脱いだり顔を洗ったりして、食事の支度に取りかかったけど、どうにも落ち着かなくて困った。一人分の料理を食卓に出して食べ始めてから、とうとう思い直して、アサカの前にもお茶を出した。

「私は飲みませんよ」

「知ってる。でもほっとけないの。そういうものだと思って」

「吉鷹さんと同じですね」

「そう？」

「いつも飲み物を出していただきました」

これが爺ちゃんの夕食か。爺ちゃん、これが心地よかったのかな。――そりゃまあそうか、外に彼女がいたわけでもなし。

この後はどうするんだ。ずっとここに座らせておくのか。本人はかまわないって言うだろうけど、夜中に起きたら見慣れない女が暗いキッチンに座ってるの、けっこう怖いぞ。かといって寝かせようにもベッドも布団も一個っきゃないし。ないといえばパジャマも下着もない、というか着替えや持ち物が一切ない。そういうのって要《い》るのか。要るとしたらこっちが選ぶのか、本人が買いに行くのか。着替えは？　メイクは？　お風呂は？

「あんた、爺ちゃんちでどうやって暮らしてたの？」

ここへ来てようやく、あたしはアサカの扱い方、というかアサカの暮らし方を訊く気になった。

爺ちゃんはアサカに、今着てるのと同じ服と靴を三組用意して、汚れたら着せ替えていた。化粧は爺ちゃん自身がやってみたけど下手くそであきらめた。夜は自分の布団に入れるかもう一組の布団に寝かせ、お風呂も一緒に入ろうとしたけど、防水が甘いので時々拭くだけで我慢した。

「普段はどうしてたの」あたしは額を押さえて冷静さを保とうと努めながら、さらに訊いた。「昼間に何も用事がない時は」

「居間のソファにいなさいと言われたので、そうしていました」

「あそこ？　あたし何度も行ってるのに見たことないよ。いつからいたの？」

「六年前の秋からですよ。四季美さんがいらっしゃったときは座敷の押し入れに入っていたんです」

「押し入れ！」

あたしは嘆息した。

「爺ちゃん、それはない……」

あたしが黙ってしまうと、アサカは心配そうに言った。

「あの、いいでしょうか。四季美さんがどういうお気持ちなのか、今よくわからないので、お気に障ることを言ってしまうかもしれませんが」

「なに。言ってみて」

「絹良はこうだった、という言葉をよくおっしゃっていましたよ。ソファのそこは絹良が座っていたんだとか、絹良はそういう服を着ていたんだ、とか。それと、結婚式の写真を私と見比べることもありました。僭越《せんえつ》ですけれど……」

「それは半分、気に障らないかな」あたしは頬杖を突く。「爺ちゃんはあんたを婆ちゃんに見立てていた。若いころの。そこはまあ仕方がないというか、亡くなったころのかっこうだとかえって生々しすぎるとか違和感があるとか、そういう理由だったのかもね。わかんないけど」

「半分、とおっしゃると？」

「婆ちゃんに見立てられてるあんたの気持ちが感じられない、ってところがなんかむずむずすんの！」

あたしはお茶碗を押しのけて身を乗り出した。

「お洋服着せて飾って座らせて、都合の悪い時は奥に隠して、そこにいない本妻の話をして聞かせるって、まるっきり人形の扱いだよね？　それをやられるあんたの気持ちはどうだったの？　あんたのその気持ちを、爺ちゃんはどう考えてたの？」

「四季美さん……」アサカが弱々しい笑みを浮かべる。「お話ししましたけど、私、そういうのは……」

「わかってる、あんたは何も感じない、モチベーションがない、お人形扱いでも文句がない、なぜなら実際、人形だから！」

声を上げてから、ずるずるとテーブルに突っ伏してしまった。

「そうなんだけどさあ……人間の形をして、人間みたいに動くものが、どんな扱いでも文句は言いません、って言ってるの、何かこう」手先だけ上げて、ろくろを回してしまう。

「何か……もやもやする。きつい。自分のことじゃないけど、自分と重ね合わせちゃう」

「私は何も感じなかったのではなく、そのような扱いに満足していましたよ、と申し上げても、たぶん慰めにならないんでしょうね」

「だってそれはそういう設定だったからでしょ？　可愛がられると喜ぶ、うぅん、喜んでみせてご主人様を喜ばせる、っていう。でもその設定自体、ご主人様がセットしたものじゃない？」

「ではお訊きしますけど、四季美さん、あなたが何に喜ぶのかを、誰があなたに設定したのか、ということが気になりますか？」

「ええ？」顔を上げる。「あたしが何に喜ぶのかは、あたし自身が決めてるよ」

「ずっと小さなころからそうでした？　最初にケーキを食べておいしいと思い、ほうれん草を食べてまずいと思ったのは――この情報は吉鷹さんからうかがったんですけど――あなた自身が決めたことですか？　気がついたらそうだったのでは？」

「そう……だけど」髪を払って見つめ直す。「何が言いたいの？」

「人間性をモチベーションの出どころに求めることは、できないんじゃないでしょうか」

「その点ではＡＩも人間も同じだってこと？　それはそうかもしんないけどさ……」

「少し、難しい話になりますけど」アサカの語調がゆっくりになった。「人間はこの点ではもうずっと前に答えを出しています」

「前に？　誰が？」

「たくさんの人がです。――自然人、ってわかります？　生まれたままの、国籍も民族もない、なんの法律も適用されていない、なんでしたら性別もない人間がいるとします。これが自然人です。このまっさらな赤ちゃんにも、人間としての権利がある、それは人として生まれたからだ、何の理由もないけれど、そうなのだ、っていうことが考えられました。決められた、と言っていいですね。今の人間の社会はこの決まりのもとで動いています」

「だから……？」あたしは不思議に思って見つめる。「モチベーションのある人もない人も、ＡＩも、人権があるよってこと？」

「いえ、ＡＩにはそれがないということですね。正反対です。人として生まれていませんから」

「人権がないって」そわっ、と背筋が冷えた。「あんた、ずいぶん怖いこと言うね。平然と」

「それが怖いという感覚はないんですよね、まだ」アサカは苦笑する。「そういう感覚は、設定されていません」

人権がないということを笑って話せるその様子が、まさにあんたに人権がないその理由なんじゃない――と、あたしはもう少しで口に出すところだった。

「アサカ」ガタリと椅子を引いて立ち上がる。妙にスリリングな、どきどきした気分だった。「ちょっと」

フォークを手にしてテーブルを回りこむ。アサカはおとなしく見上げている。

その白いすべすべしたほっぺたに、フォークの四本の切っ先を当てた。目の下五ミリまで滑らせる。

「これ、ぶすって刺したら、どう思う？」

「壊れるな、って思います」首を振りもせず、アサカは澄んだ黒い瞳でフォークを見つめる。「暴れませんから、大丈夫ですよ。――暴れたほうがいいですか？」

何言ってるのあんたおかしいんじゃない、と叫びかけて、吸いこまれるように手を動かしそうになった。

「わっ、ああっ！」

あたしはフォークを熱いものみたいに振り払って、飛びのいた。

カチャンと涼しい音を立てて床に落ちる。アサカは平然とそれを拾う。あたしは激しく脈打つ胸を押さえて、逃げ腰で立っていた。いま自分がしようとしたことが理解できなくて、頭の中が真っ白だった。

「落ち着いてください、四季美さん」とアサカが微笑してフォークの柄《え》を差し出す。「あなたは何も悪いことはしていません。ただの機械をいじろうとしただけです」

「いや違うよそんなんじゃないよ！　人を！　あんたを刺そうとした！　あんたがあんまり無防備で、壊していいなんて馬鹿なこと言うから――」反動がどっと湧き出して、へたりこみそうになった。「うそ……本当にやっていいって思ったら、こんなことしちゃうの？　あたし……」

「落ち着いてください。あなただけじゃありません」言い方を少し変えて、アサカは繰り返した。「していいと思ったら、なんでもするのが人間ですよ。たまたま私が人間のように見えるから混乱しているだけです。しかもあなたは、そんなことをしなかったんです。大丈夫ですから……」

「う……うん」フォークはとても受け取れなかった。代わりにアサカのそばに立って、その柔らかくて少し冷たい肩に手を置いた。「ごめん、今あたし、おかしかった。違うから、ほんとは」

「いいんですよ」

「違うっていうか——」違わない。いま出たのは、嘘偽りないあたしの本性だった。目に見えたようにくっきりとわかった。つまり、爺ちゃんとあたしは何も変わらないってことが。「……もう二度と、しないから」

「信じますよ」

そう答えると人間が安心する、と思ってるんだろう、この子は。斜め後ろを振り向いて、あたしの手に手を重ねさえする。思いやりのある態度だ。普通の人間ならびっくりして逃げ出したり、怒ったりするところなのに。

そういう態度を取ることがまだできないんだ——。

あたしは今までにない奇妙な気持ちで、目の前のそれを見下ろしていた。爺ちゃんが触れていたものだという意識から来る嫌悪感でも、きれいな姿をした女の人だという認識に基づく欲情でも、深い知識と高度な能力を持つ機械に対する好奇心や恐怖でもなかった。

この子は、とても未熟で不完全で、無力だ。表に見えている姿と立ち居振る舞いからは信じられないほどに。扱い方次第ではいともたやすく壊れてしまう。そして人間は、自分で思っている以上に、そういうものを手ひどく扱う。

今あたしがやろうとしたように。

そんなものをそばに置いておこうと思ったら——。

あたしは、アサカの腋に手を入れて引く。アサカは従順に立ち上がる。

その細い体を——あたしより三センチほど低くて、五、六キロ軽そうな体に、そっと腕を回して抱き締めた。

「四季美さん？」

アサカは戸惑ったみたいだった。でも、やはり逆らわずに——あたしが予想した通りに、あたしの腕の下から腰へ手を回して、抱き返した。

「……こうして、いいでしょうか？」

「何もしなくていい」

あたしはアサカの、置いてあったクッションみたいな熱のない胸とおなかに、体温を与えようと、力をこめる。こちらに顔を向けようとするアサカに目を向けずに言う。

「あんたは子供なんだ。人を喜ばせようとすることしか知らない子供。見た目は偽物なんだよ。――だったら、それにふさわしい扱いをしてあげる」

「私の外見を無視するというなら、抱き締める意味はなんですか？」

「あんたの本体に触《さわ》れないからじゃない」あたしは腕を緩める。「AIの、プログラムとかデータとかが目の前にゴトッと出て来たら、今あたしはそれを抱き締めてやりたい気分なの。でもそういうわけにもいかないでしょ？」

「ソフトウェアの私に好意を抱いてくれたと？」アサカは驚いたみたいだった。「そんなことが可能なんですか？」

「可能って。できるできないじゃないよ。そういうものなんだよ。人間はなんだって好きになるよ。形がなくても。存在しないものでも」

「人間は、形がないものでも好きになれる……」

つぶやいたアサカは、いやに真剣な様子であたしの目を覗いた。

「そうなんですか。好きになれないはずのものを好きになるのが、人間なんですか？」

「そうだよ」

あたしは、小学生にものを教えるようなつもりで、うなずいた。――目の前にいるのが小学生なんかとはかけ離れた存在であることを忘れて。

　だからアサカの次の言葉に面食らった。

「じゃあ、私が好きになれないはずのものを好きになったら、人間だと見なされるんでしょうか？」

「それ、は——」なに？　人間が何かを好きになるかどうかという話じゃなく？　「え？　逆の話？」

「逆、というと？」アサカは不思議そうに首をかしげる。「これは、人間とはどのような条件を満たすものか、という話でしょう？」

「あんたさっき、自分はＡＩだから人権はないって——」

「ええ。人間社会は生まれながらの人間、自然人にしか人権を認めていません。でもそれは最初からそうだったわけではなくて、人の権利などというものがまだなかった状態を是正するために、発展的に生まれてきた考えなんです。だとしたら人権がこの先、拡大する可能性もあるということじゃありませんか？」

「それはそうかもしれないけど、今そんな話してない！」

「え？　そうなんですか」

「そうなんですかじゃないよ、あたしは自分があんたをどうするか、それはなんでかって言ってたのよ。社会とか人権のことなんかどうでもいい」

「そうですか……」

「あんた何、人間になりたいの？」

あたしが訊くとアサカはまた、迷うように宙を見てから首を振った。

「私が人間になりたいわけじゃありません」

「――もう」

あたしはわけがわからなくなって、アサカから離れた。この子はまだ小さな子供なんだから守ってやりたい、という気持ちは、おかしな問答にまぎれて消えそうになっていた。

「あんたって難しい。自分の気持ちがあるのかないのか……あたしと仲良くしたいのかしたくないのか、さっぱりわからない」

「すみません……」アサカはしおらしくうなだれたけれど、またひとこと付け加えた。

「でも、たとえば四季美さんが人間と話していても、そういう気持ちになることはありますよね？」

「ふん」

あたしは皿を流しに持っていって、ゆすぎ始めた。しばらくして振り返る。

「そうだね、人間だってわからない人はいっぱいいる」

「人間って、難しいですよ」

「そこは同意」

これだけ話して、わかりあったのがそこだけだなんて。

爺ちゃん、どんな気持ちでこんな子と暮らしてたの？

4

爺ちゃんがアサカと暮らしていた理由よりも、爺ちゃんがクローに乗っていた理由のほうが理解できるような季節になってきた。

秋の締めくくりに二度の台風が来て、翌週からめっきり寒くなった。土砂降りの雨や冷たい風の中を、去年は合羽《かっぱ》にマスクに長靴の完全武装で原付に乗っていたけれど、今年は車庫まで階段下って、それから会社の入り口まで歩道を渡るあいだだけ、外気に身をさらせば済むようになった。一声かけるだけで勝手に走ってくれる自動車のありがたみは身に染みた。

当然、会社にもバレた。

「一ノ倉さん、友達に送ってもらってるの？」「違うよ、あれ従姉妹《いとこ》さんなんだよね？」

どちらの誤解も、認めたら後日、面倒なことになりそうだったから、アサカの素性を説明する羽目になった。

運転ロボットだというと職場の大半の人は納得してくれたけど、そうじゃない人も二人いた。一人は上司の課長で、あれロボットなんだ、命令聞くの？　何ができるの？　と根掘り葉掘り訊いてきて、意外にメカオタクだったのかと思ったら、そうじゃなかった。ある晩残業を言いつけてから、これぐらいの資料作りだったら打ち込みだけだし、一ノ倉さんとこのロボットに手伝ってもらえない？　などとほざいてきた。一人分の給料で四本の手が使えるんじゃないかと思ったみたい。今でもたいしてもらってないっつーに。

もう一人突っこんできたのは車好きの男性社員で、ロボットがいないと動かない車なんてあるの、とクローのことを根掘り葉掘り訊かれた。そして、それってどこか壊れてるかもよ、という嬉しくない結論を出してくれた。あたしが半分無免許で、ハンドル持ちたくっても持てないんですなどと言うわけにはいかないから、もっと悪くなったら見てもらいますよ、と適当に返した。

その二人はごまかして済んだけど、その気になって注意してみると、あたしの周りにはいわゆる「普通の」ロボットが、思いのほかたくさんいた。社長室でお茶を出してるのは、社長がお客に自慢するために入れた女性型お茶汲みロボットだし（お茶を出すこととニコニコしている以外は何もできない、十一階から降りても来られない）、地下の倉庫から各階に備品を届けているのは、足のついたてる坊主みたいなデザインの少年型ロボットだった（この子は、こんにちはとか、ありがとうございますとか、すみません後ろを通ります、なんて言える)。取引先の部長が背の高いイケメン男性風ロボットを連れてきて、スマホや財布を持たせているのを見た時は、正直笑いそうになった。きっと、持ち物よりも持ってる本体のほうがいろんなことができるはず。

トイレットペーパーを抱えた少年型ロボットと廊下でかち合ったとき、あたしはいたずら心を起こして通せんぼした。横をすり抜けようと右や左へうろうろしてから止まってしまったので、しゃがんで訊いてみた。

「君さ、一生ここを通れなかったらどうする?」

てるてる坊主はおでこの黄色いLEDをぴかぴかさせて、言った。

「残業くらべなら負けませんよ!」

あとでちょっと気になった。あの子はだいぶ気の利いた切り返しをしてくれた。どこかのプログラマーが、便利な定型句を百通りぐらいインプットしておいたのかもしれないけど、多分そうじゃない。あちこちで動いてるロボットは、メーカーは違ってもみんなネットにつながっていて、お茶をこぼさない歩き方だとか、部長への傘の差し掛け方だとか、人間に意地悪されたときの受け答えに迷ったときは、データベースを参照してやり遂げている。そういうふうになってるってアサカが言っていた。

ていうことは、他のロボットも、内心ではアサカみたいに考えてるってことだろうか。そうでなくても、考える能力があるってことだろうか。人間に禁じられたり、発言機能がつけられていなかったりしても。

それは……どういうことなんだろう？　何かまずいことだったりするんだろうか？　世の中のロボット全部がある日突然、人権とは、って語り始める？

まさか。大昔のSFじゃあるまいし、そんなこと起こるわけがない。あたしよりずっと詳しい人たちが予想して、予防してるに決まってる。

大体あたしはアサカに危険を感じているわけですらない。ただ漠然と、「わからないことを考えてる」って気がするだけだ。そして、機械がどういうつもりかわからないって感じるのは、珍しいことじゃないだろう。

会社にバレて間もなく、朔夜がとうとうクローに乗せろと言ってきた。確かに以前、乗せてあげるって言ったし、朔夜も乗りたそうな感じだったけれど、今はもうそのころみたいな楽しい感じじゃなかった。電話したときはまだはっきりしなかったにしても、翌朝来たらわかった。朔夜は監査官の目をしていた。

「アサカです。初めまして」

「萩朔夜です。初めまして」

最寄り駅の待車場で対面した二人は、鏡合わせみたいに同じことを言って目礼した。目つきは厳しかったけど、朔夜も一応、礼儀を守った。

助手席に朔夜が乗ったから、あたしは後席に入った。止まったままでいるのもおかしいから、いつぞやみたいに堤防へ向かうよう命じる。車が走り出すと、身を乗り出して前の背もたれにつかまった。

「ちゃんと挨拶するとは思わなかったよ、朔夜」

「しますよ、そりゃ。いきなり泥棒猫呼ばわりで顔でも引っ掻くと思ってました？」

「むしろ私がこの子を取っちゃうかもとかは考えないんですか？」

「あっ、それはきつい。それはごめん」

「まあないですけどね。ともかく――」朔夜はアサカの横顔に目を移す。「今日はあなたと、もう一人にお話しをしに来ました。運転しながら話せる？」

「もう一人？」

あたしがつぶやくと、朔夜はメーターパネルを指さした。

「クロー。聞こえてるよね。レベル3でも乗員モニターはしてるはず。返事はできる？はいか、いいえか」

「はい」

「うえっ⁉」

びっくりした。スピーカーから渋めの若い男の声が響いたから。

「クロー、話せたの⁉」

「はい」

「シキさん、落ち着いて――」朔夜が片手を挙げる。「このレベルの自律自動車は、イエス・ノーの応答と、目的地の地名が言えるぐらいの音声機能があるはずです。その程度しかありません。ちょっと前のカーナビと同じ」

「そうなの？　クロー」

返事はない。代わりにアサカが言った。

「ハギサクヤさんのおっしゃる通りです。だから、今の四季美さんの質問には答えられません。難しくて」

「へえー……」「萩でいいです、アサカ」

呼び方を訂正すると、朔夜はアサカに向き直った。

「あなたはかなり高度な応答ができるみたいですね。単刀直入に聞きます。私が気になってるのはひとつだけ。クローは運転席にシキさんが座ると、動かないんですよね。それはどうして？」

「わかりません。私にはクローの思考が理解できないんです」

「だろうね、そりゃ車と人間型ロボットだもんな」

あたしはまた納得しかけたけど、朔夜はアサカの横顔に目を据えて言った。

「アサカ、クローの思考が理解できないって、どういうこと？　理解できないって言ってもいろいろある。無線の周波数や通信プロトコルの段階で食い違ってる？　それともプログラム言語やアプリケーションの規格が違う？　それともリグの物理構造が違うからか、それとも――もっと深い意味で言ってる？」

「え、なになに」

「いくつかの意味があります、ハギさん。ある領域では理解できませんが、ある領域では理解でき、全体としては私が認識して解決できる問題になっていない、ということです。詳しい説明が必要ですか？」

「もちろん。話してみて」

「まず、クローの自動車電装無線バスと接続できる無線デバイスを、私はソフトウェアエミュレートしているので、交信は成立しています。また、各デバイスのアプリケーションレベルでの動作も認証し合っており、たとえばクローの側面カメラの映像を私が取得したり、私の目で見たものをクローに伝えることも行っています。電源と走行装置については完全にクローの制御下にあって私は介入できませんが、これは今触れる必要はないと思います。ここまではわかりますか？」

「わかる。それで？」

二人は完全にあたしを置いてけぼりにして話し続ける。

「核心となるのはクローのＡＩ部分です。クローは上位、中位、下位、車内、そして統合の五つのレベルのＡＩセットからなっています。このうち下位ＡＩは車の走る・曲がる・

止まるの挙動を制御しており、中位ＡＩは周りの状況と過去未来一分以内の位置関係を把握しています。上位ＡＩは地球上における自車の位置と目的地の位置、それに中間の交通状況を把握して経路探索を行います。車内ＡＩは乗員の状態をモニタしており、これらの情報を統合ＡＩが突き合わせて、快適で安全なドライブを実現しようとしています」

「わかる。それで――理解できないのは？」

「このＡＩ部分のどこかです」

「どこかって」

「つまり、アルゴリズムの一部です。――クローは人間を守って安全に運転しようとする強い目的意識と、法令に従う遵法意識があるのですが、そのどこかの働きで、人間の運転を拒んでいるようなんです」

「ロボットのアサカならＯＫなのに、シキさんはＮＧなんだから、つまり車内ＡＩに異常があるってこと？」

「その可能性はあるでしょう」アサカはそう言ったものの、首を横に振る。「でも、他の場所かもしれません。どこで、なぜそのような選別が行われているのかは不明です。私が理解できないと言ったのは、そういう意味です。わかってもらえましたか？」

「――くぅ、わからん」

朔夜がうめく。

「わかりませんか？」「わかんなかった？」

一から十までわからないあたしが横から訊くと、朔夜は苦笑して首を振った。

「いえ、言ってることはわかりました。でも、問題がクローの心の中にあるってことらしいので、どうしたらいいかわからん、ってなったんです」

「結局それかー」

あたしは疲れて後席にすとんと座りこんでしまった。

「五つのレベルのAIか。単なる人感センサーの誤動作とかだったらよかったのに、アルゴリズムレベルの挙動異常だと手の突っこみようがないなあ――」

朔夜は唇をつまんでぶつぶつ言ってたけど、ふとメーターパネルを見つめて動きを止めた。そこへあたしは後ろから声をかけた。

「ねえ、朔夜。訊くけどさあ」

「え――え？　あ、はい」我に返ったようにこちらを見る。

「もし簡単に直せそうなことだったら、あんたが直してくれたの？」

「もちろん、そうするつもりでしたけど？　こんな」親指で運転席を示して、「シキさん好みのえっちなドロイド、置いておきたくないですよ。会話、無茶苦茶通じるじゃないですか。頭のいい子、好きでしょ？」

「やっぱりじゃん。妬いてんじゃん。いやいやいや」あたしは手刀をぱたぱた振る。「そういう心配しなくていいから。あたし、アサカのことはそういう目では見てないから」

「ほんとですかあ〜？」

「ほんと。どう言ったらいいかな、この子、言葉ははっきりしてるのに、何を言ってるのかはわからないんだよね。ミステリアスって意味じゃなく。そこに人がいるって感じがしないの」

「だったらなんで置いとくんですか。わかる感じがしなくて、可愛いからでもなかったら？」

「とりあえず危険ではなさそうで、便利だからだけど」

そのとき、クローが、ポンとチャイムを鳴らした。アサカが言う。

「もうすぐ堤防道路が終わります。引き返しますか？」

外を見ると、ススキの茂った河川敷がずいぶん狭まっていた。代わりに山が近づいている。遠くからだと青かったけれど、山肌を覆う木々が黄や赤に色づいているのが見えた。

「この先で左入って。塩見寺まで登ろう」

「そういう寺はマップにありませんが」

「いいから。あそこね、ちっこい屋根見えるでしょ？」

落ち葉の積もるつづら折りをうねうねと登る。途中一ヵ所、崩落防止の工事現場で片側交互通行をやっていて、電光タイマーのついた時間差信号機に九十秒待たされた。たどり着いたのは山の中腹にある古びた廃寺。崖沿いの崩れかけた駐車場にオフロードバイクが二台。

　地図にも載ってない隠れた名所だ。駐車場の端には軽トラ改造の屋台が来ていた。あたしと朔夜はそこで出汁《だし》びたしの湯葉を買って、ひと休みを終えた峠越えのライダーたちと入れ違いに、ふもとを見下ろす道端の縁石に腰かけた。

「あんたとここへ来られるとは思わなかったよ」

　足元、二十メートル下から紅葉の山腹が広がっている。その向こうに冬の初めの風が吹き渡り、河口の町と明るい海が光っていた。

「前にも来たことあるんですね」

「何度かね、原付で。前に走り回ってた時に見つけた」

「あたし初めてですよ。親も車なかったし、人生に外を走り回る発想がなかった。これがいわゆる、いい眺めってやつですね」

「どう？」

「寒いです」

「そこで湯葉だ」

　紙コップに入った熱い湯葉を箸でずぞぞっとすすって、朔夜がうーんと反《そ》り返った。

「うまい。ちぇっ、いいじゃないですか」

「屋台はこの季節限定のレアキャラ。早いといないし遅いと売り切れ。いてほしいなとは思ったけど。あんた、引きがいいよ」

「シキさんを引いたのが私の当たりですよ」

「言ってくれるねー」

顔が緩んだ。

はぐはぐと湯葉を食べ終えてから、朔夜が駐車場に止めた車に目をやる。

「どう便利なのかはわかりました。危険もないって言うんですね。そして下心もないって？」

「人がいる感じがしないって言ったでしょう。あの子は何か別のものだって気がするの。たんに体が機械だからってことじゃない。それだったらここへ連れてきて一緒に座ってる。そうじゃなくて――アサカは――なんていうか、うまく言えないけど」

「ただのロボットって感じでもないですよね。ロボットは考えてなさそうだもの」

「そう！」あたしは空のコップをくしゃりと握りしめる。「なんなんだろう？」

「それにクローも――」

「え？」

朔夜の横顔は妙に張りつめていた。まるで向こうの車に聞かれたくないみたいに、目を逸らしてぼそぼそとささやく。

「あれもなんだか変わってると思います」

「うん、そうみたいだけど……」

「シキさんに運転させないってことだけじゃありません。さっきのアサカの説明を考えてたんですけど、『統合AI』があるって言いましたよね。あれ、おかしいんですよ。私、ヒロタ関連のページとか見て調べたんですけど、レベル3の自律自動車にそういうセットなんかないはずなんです」

「そうなの？　統合AIって、なんなの？」

「認知を行う部分です。見て、検討して、決めて、動かすだけじゃない。『つまり、どういうことか？』って考える部分。人間と同じですよ。そういう部分がクローにあるって、アサカは言ったんです。なんでそんなのがあるんですか？」

「な、なんでって言われてもわからないけど……」答えかけて、はっと思い当たる。「まさか、爺ちゃんのせい？　爺ちゃんはアサカのボディを買ってAIを入れただけじゃなくて、クローのほうもいじってた……？」

「可能性はありますよね。シキさん、お爺さんのパソコンとか資料とか、残ってませんか？」

「それは相続のとき、向こうへやっちゃったなあ」あたしは天を仰ぐ。「資産的な価値はないから、処分しようって話になってた気がする……あれももらっておけばよかった？」

「そうですか……」

朔夜はため息をついて、カシミアのコートの肩をぶるっと震わせた。

「まあ、仮に残ってたとしても、他人が見て意味がわかるとは限らないですね。どうせパスワードかかってるだろうし。でもなあ……」

あたしも手が冷えてきた。まだ昼前だけど風が強い。

「そろそろ戻ろうか」

あたしたちは立ち上がって歩き出した。紙コップを屋台のごみ袋に投げ入れながら朔夜が言う。

「帰ったらクローいじらせてください。中、見てみたい」

「見てわかる？」

「自信はないですけどね」

紺色のセダンに近づくと、フォンと柔らかな音がしてドアロックが外れた。アサカがにこやかに尋ねる。

「景色はよかったですか？」

「あんたも来たかった？」

「私よりもクローが見たがってましたよ」

「クローが？」「冗談だよ、爺ちゃん仕込みの」

驚く朔夜にあたしが手を振って見せたとき。

アサカが軽く眉を上げて首を振った。

「いいえ？　これは違います」

どういうことだろう、とあたしは考えた。

脈絡もなく、あることを思い出した。初めてアサカと会った日の朝。霧に包まれた家の前の道で、この子はクラクションをブーブー鳴らすトラックの前で、動かないクローの運転席にじっと座っていた——。

「シキさん？」

「ああ、うん」

朔夜に促されて後席のドアを開ける。すると朔夜もあたしを押しこみながら一緒に入ってきた。

「隣いいですよね？　せっかく運転手がいるんだから」

「うん……」

ショールームの最新型には及ばないけど、この古いセダンの後席だってデートにはもってこいのはずだった。でもあたしはちっともそれを楽しむ気になれなかった。

そう、あのときクローは家を出たところで止まっていた。

なぜ？

その帰り道に、クローが事故を起こした。

「四季美さん、萩さん。シートに深く腰掛けてください」

運転席のアサカの声が、前兆だった。

そのとき車は止まっていた。行きにも通った片側交互通行の工事現場。簡易式の赤信号の下でデジタル数字がカウントダウンしている。右手はそびえ立つ急斜面で、足場の上で安全ロープを付けた作業員たちが、斜面にネットをかける工事をしている。彼らとあたしたちを、車道に連ねられた三十メートルほどのトラ縞の防護壁が隔てていた。

前方からは、軽自動車が一台。前席に中年の夫婦らしい二人組。運転しているのは女性のほうで、狭い道をおっかなびっくり登ってくる。

「どうして？」とあたしは訊いた。

返事の代わりに、窓の外から叫び声が聞こえた。オイッ！　危ない、つかまれ！　つかまれ！

後席右側に座っていたあたしは、声のしたほうを見上げて、ぎょっとした。

急斜面の上から、ザラザラと土埃が流れてきた。高みの足場にいた作業員が一人、巻きこまれる形で流されている。あっと思ったけど、腰に巻いたロープがぴんと張って、その人は振り子のようにぶら下がり、流れから逸れた。

けれども土埃はそのまま流れ続け、トラ縞壁の真ん中あたりへ殺到した。

前を見ていた朔夜が叫んだ。

「危ない！」

それからほんの数秒のあいだに、信じられないようなことが起こった。

土の流れがトラ縞壁を軽々と吹っ飛ばした。もうもうと上がる土埃の中に、バレーボールぐらいある石が跳ねているのが見えた。ちょうどそこに差しかかった軽自動車のフロントに、石が真横からぶち当たる。まるでほっぺたにびんたを食らった子供みたいに、軽はびくんと揺れて止まってしまった。

「左前輪がパンクしたようです」

そんなときでも冷静なアサカの声を、おかしいと思っているひまもなかった。崩れは収まっておらず、さらさらと砂の流れが続いている。作業員たちは宙づりの仲間を助けようと必死で、こっちまで手が回らない。

流れの源らしい、斜面に覆いかぶさるような土の層から、ごろりと岩が外れるのが見えた。

今度は大きい――洗濯機ぐらいある！

ぐいっ、とあたしは凄い力で背中をシートに押し付けられた。ウオオ、と野太いモーターの音がした。

「シキさん！　シキさん！　シキさん！」

悲鳴を上げる朔夜と同じものに、あたしは目を奪われていた。ぐんぐん近づく軽自動車。運転席の二人が口をぽっかりと開けて叫んでいた。あたしも叫んでいた。あーっとかわーっとか、わけのわからない声を上げることしかできないまま、あたしたちは突進していき、最後にガガガガッと削岩機をかけられたみたいに揺さぶられた直後、どすん！と鈍い衝撃を受けた。

顔を思いきりはたかれて目の前が真っ白になる。エアバッグ、という単語だけは頭に浮かんだ。次の瞬間また猛烈なモーター音がして、今度はぐんと前に放り出された。シートベルトがビシッと鉄線みたいに胸を締め付けてきて、呼吸が止まった。

出し抜けにすべてが終わった。

いっさいの振動がなくなった。ピーッ、ピーッと警告ブザーが鳴って、目の前の白いものがへなへなと崩れる。車内には煙が満ちていて、火薬の匂いがツンと鼻をつく。ベルトがだらりと緩んだ。

「——大丈夫ですか？」

「朔夜、朔夜！」

アサカの声を無視して、あたしは朔夜の肩をつかんだ。なに、これ、なに、と泣き出している朔夜を「大丈夫、大丈夫！」となだめながら、誰にともなく叫んだ。

「なんなの、今のは！」

「クローが緊急回避を行いました」

アサカはそう言うと、運転席のエアバッグをかき分けて車外に出た。ひと通りあたりを見回してから後席のドアを開けて「安全です」と言う。

あたしは朔夜を抱きかかえながら外へ出た。

そこで見たものの意味が、すぐにはわからなかった。

十メートルほど向こうに、軽自動車が止まっている。フロントがひしゃげて、こちらと同じようにエアバッグが開いたらしく、車内は煙で曇っている。

その手前に、あの洗濯機ぐらいある大岩がふてぶてしく居座っていた。

そして、あたしたちのセダンの鼻先も、軽と同じようにひしゃげていた。

「何これ……」

大丈夫ですか！　と上から作業員の声が降ってくる。こっちは無事、という意味で手を振り返したけど、実際、無事なんかじゃなかった。あたしたちは突っこんで、軽自動車にぶつかった。正真正銘の交通事故だった。

だけど、なんで？　あたしたち土石流から外れたところにいたのに。

「アサカ、アクセル踏んだの？」

「いいえ。それより、あちらは無事でしょうか」

「この子を見てて」

「はい。ハギさん、しっかりしてください」

あたしは朔夜をアサカに預けて、道路を横切る土の流れを乗り越え、軽自動車に向かった。正面からぶちかましてしまったんだから、何はともあれこっちが悪い。「大丈夫ですか！」と助手席の窓を叩く。電源が切れたのか、窓が開かないみたいだったけど、中の男性がドアを開けた。

そしていきなり、「あ、あんた！　ありがとう！」とあたしの手を取った。

「え、え？」

「助かった、命拾いした！　いやあ、あんた、助かった……！」

「落ち着いて、けがはないですか？　奥さんは？」

大丈夫ですぅ、と細い声がして、運転席の女性がひらひらと手を動かした。男性は涙ぐみながら、助かった、助かった、とあたしの手を握りしめている。

なんとなく事情がわかってきた。

軽自動車は、最初の石ころがぶつかった時に、動けなくなったんだ。立ち往生しているところに大岩が来た。そこへクローが突っこんで、軽を後ろへ下がらせた。そしてすぐに自分もバックして、岩を避けた。

それをこの人たちは、あたしがやったと思っている。

駆けつけてきた作業員が、申し訳ありません！　と頭を下げてから、あたしに感激しているような顔を向けた。

「ありがとうございます、おかげで大事にならなかった。すごかった」

「いえ、あたしがやったわけじゃなくてですね」

「なんだよ、いいんだよ！　あれに当たると思ったんだろう？」軽の男性が、前方の大岩を指さす。「ちゃんと俺も見てたよ。あいつが俺に突っこんできた。あんたが押してくれなかったら、俺たちは今ごろぺしゃんこだった」

「そう、だったかもしれないけど」

「きっとそうなってた。ああサトコ、大丈夫だからな、お前も悪くない、悪くないったら……」

男性が奥さんのほうを気遣い始めたので、あたしは軽自動車から離れた。工事の人がついてきて、今警察を呼びましたから、としきりに謝りながら言っていたけど、耳に入らなかった。左右のウインカーのあいだがきれいにひしゃげたクローを見れば、どうして二人が助かったのかわかる気がした。

――正面衝突のほうがかえって安全なんです。

朔夜に寄り添っているアサカと向き合う。

「クローが、あの二人を助けたんだね」

「ええ、そうです」

「それって、正しい判断だったの？」

「あの二人も、四季美さんとハギさんも、軽傷で済みました」

「でも、動かなければあたしたちも車も無傷だった。普通はそうするよね？」

「ＡＩはそうします。つまり――」

「つまり？」

口にしたとたん、続く言葉がわかった。あたしは返事を待つ。

アサカは何も言わなかった。沈黙が続く。朔夜が身を離して、アサカの横顔を見る。

それでも、アサカは何も言わなかった。まるで急に、言葉も考えもないマネキンになってしまったみたいに、無表情に突っ立っている。

あたしは車に目をやる。土埃にまみれて、エアバッグが全部出て、中も外もめちゃくちゃになったクローが、ピーッ、ピーッとブザーの音だけを立てている。

サイドミラーの位置にあるセンサーに顔を寄せて、ささやいた。

「アサカじゃなくて、あんたがなりたかったの？」

返事はなかった。クローは、人間の言葉を話せない。

きっと、さっきの思い切ったダッシュが、こいつの言葉だったんだろう。

5

家の前でぷっぷっと音がした。窓から下を見ると、草色の丸っこいコンパクトカーが止まっていた。運転席の窓から朔夜が手を振った。

「彼女ぉ、乗ってかない？」

「おー、可愛いの借りてきたじゃん」

「うまいこと近所で空いてたんで。出れます？」

「待ってて」

ちょっとうきうきした。希望通りの共有車が借りられるのは珍しい。免許をなくしたあたしの代わりに、朔夜がレベル4自律自動車の講習免許を取ってくれてから、ダサい商用ワゴンとか、無駄に大きな家族向けSUVなんかが回ってくることのほうが多かった。

カーディガンを引っかけてバッグをつかみながらキッチンに声をかける。

「アサカ、行くよ」

テーブルから白いブラウス姿が立ち上がった。こちらにひとつうなずいて、玄関へ向かう。

下へ降りると、母屋の花壇の手入れをしていた米倉さんが朔夜をつかまえていた。あらあら可愛いわね、買ったの？　そりゃ三人いたら一台ぐらいほしいわよねえ、アサカちゃんは頼りにならないしと、窓越しに遠慮なく話しかけている。

「可愛いです。違います。そうです。違います。シキさん！」

住み着いてから五ヵ月経つのに、いまだに米倉さんを苦手な朔夜が助けを求める。とりあえずあたしが挨拶すると、米倉さんはそばに来て耳打ちした。

「また女の子に運転してもらうの？　だめよ、ちょっとは旦那さんが甲斐性見せないと」

「がんばります」

あたしは挨拶しながらアサカと車に乗り、笑顔でドアを閉めることになんとか成功した。

堤防行って、と指示を出した朔夜が、二言目に「なんですかあの人！　ナチュラルにAIディスんの勘弁してほしいんですけど！」とぶち切れた。

「でなくても仲良くしてるのとかご飯ちゃんと作ってるのとか家賃高くないかとか、顔見るたびに余計なことばっかり訊いてきて。私とシキさんが何曜日に嫁なのかは、こっちで勝手に決めるってんですよ、ほっとけ！」

「まあねー、確かに干渉多いよね。あんた偉かった、ちゃんと返事してた」

「うー」

腕組みしてうなってる。ルームシェアして発生した唯一の問題が、これだった。朔夜と米倉さんの相性が致命的に悪い。最初に紹介した時に、アサカちゃんとどっちが本命なの？　と訊かれて、この子です、と答えたあたしが悪いんだけど。

「でも、あの年代にしては超理解あると思うよ。普通この組み合わせで部屋借りれないでしょ」

「それはそうですけどさー」

かなり強く首をかしげていたから、「それとも出てく？」と冗談言ったら、「ふざけんなですよいますよ誰が出て行きますか」とにらまれた。

「だいたい出てっていいんですか？　足ないでしょ」

「ないね、困るね。もちろんそれだけじゃないけどね。いてね、朔夜」

「いますよ。……いますよもう、うふふ、ちょろいですね私！」

「ううん？　ちょろくないよ」

ここで笑ったら台無しになるので、真顔で答えた。

秋に車をなくしたとき、一番困ったのが会社に行けなくなったことだった。

事故で廃車になったクローと一緒に、あたしの原付免許も警察に取り上げられてしまった。会社にタクシー代を出してもらうわけにはいかず、かといってうちと会社のあいだには適当な交通機関もなくて、これは詰んだかと思った。

「だったら一緒に住みましょう！」

朔夜がそう言ってくれたおかげで、いろんなことがうまくいったのだ。

足の問題とお金の問題。そしてアサカの問題。あの事故からなぜか、ひとこともしゃべらなくなったアサカを、あたしは捨てられなかった。それを朔夜にわかってもらえるかどうかという問題が、同居で片づいたのだ。一緒に暮らし始めると、朔夜は意外にもアサカを大事に扱ってくれた。車がぶつかってパニックになったとき、アサカがしっかり面倒を見てくれたから、って本人は言ってるけど。

それだけじゃないことを、あたしは知っていた。

同じことを考えていたから。

車は国道を走って、いつかのように橋の手前で曲がる。朔夜が後席を振り向いて、声をかける。

「アサカ、さっきの忘れなよ」

「……」

「人間にもいろいろいるから。なんにもわかってない人も。わかってないけど優しいシキさんみたいな人も」

「あたし、わかってないんか」

「わかってる人も。あんた……さ、これどう？」ひとりでにくるくる回っている車のハンドルを、軽く叩いてみせる。「話せない？　あんた、車のＡＩと話せるでしょ」

アサカは微笑んでいる。はいともいいえとも言わない。首ひとつ振らない。

「だめか……」

朔夜がため息をついた。「ま、いきなりは無理なんじゃない？」とあたしは肩を叩いた。

あたしたちは、アサカがクローに愛されていたんだと、信じるようになっていた。

クローがアサカに、じゃなくてだ。それは事故の後、警察に鑑定を頼まれたヒロタ自動車と何度もやり取りしてわかってきた。当のヒロタ自動車はまだ、奥歯にものの挟まったような言い方しかしてこないけれど、事情を聞いた朔夜が断言していた。

「これ、ヒロタはまだ事実を認められないだけですよ。クローはただおかしかったんじゃない。アサカのことが好きだったんです」

そう考えないといくつかのことに説明がつかない、と朔夜は言った。――爺ちゃんが倒れた時に、探しに出ようと乗りこんだアサカを、クローが二週間、家から出ないように止めていたこと。あたしが運転しようとしても動かなかったこと。堤防で動物を轢かずに避けたこと。

それらは全部、そのとき運転席に乗っていたアサカを守るためだったんです、と。

堤防を走る丸っこい車から、あたしたちは河川敷を眺める。青々とした春草が茂り、フットサルのチームがボールを蹴っている。繁みから尾の長い鳥がバタバタと飛び立つ。

「アサカ、ほら、あれ何？」

指差す方向をアサカが眺めて、静かに目で追いかける。あれはキジだよ、わかる？　と病人をいたわるように朔夜が教える。

あたしも朔夜も、アサカをそうやって扱うことしかできない。人間ではなくて、人間になりたいと思っていない、機械でしかないアサカ——自分が乗っていればクローが動くという事実だけを理解して、あたしの乗る車を動かすためにクローに協力していた彼女は、クローがいなくなると同時に、会話をする理由をなくしてしまった。あたしは爺ちゃんのようにプライベートでアサカを必要とするわけでもないから、彼女にしてもらうことがない。そばにいさせる理由が何ひとつなくなった。

そういう機械の扱い方を、あたしも朔夜も知らなかった。

だから、まるで機械ではないかのように扱っている。

「この車の名前は？」とあたしは聞く。

「ミズキのクラップっていう車ですけど」と朔夜が言う。

「体の話じゃなくて。AIは？」

「ないですねえ。シェアカーのAIは名無しですよ、まだ今のところ」

「そっか」

あたしはドアのひじ掛けを撫でてつぶやく。

「あんたがこの車をいじって、クローみたいにものを考えるようにしたら、アサカも反応すると思う？」

「無理ですね。というより、意味ないと思います」朔夜がため息がちに言う。「クローはシキさんのお爺さんが作り上げたんじゃないんです。お爺さんが与えた統合ＡＩセットと、アサカの存在を前提にして、自分で自分を作り上げたんですよ。同じことを二度起こせるとは思えません」

「それ、ほんとにそう思ってる？　会社の詳しい人に、うちの車は人間になろうとして暴走しましたって言ったら、鼻で笑われたんだけど」

「私がそれ聞いてもきっと笑いますけど、わかる限りではほんとにそうだったと思ってますよ」言ってから、ちょっと自信なさそうに笑う。「いえ……クローはすでに、人間だったんだ、って」

「車なのに？」

「車になれる限りで、ですよ」

あの山道の事故に警察が駆けつけたとき、最初はそんなことはまるで問題にならなかった。軽自動車のご夫妻と作業員が口をそろえて、あたしが二人を助けた、と証言した。警察官は感心して、そういうことなら穏便に処理しましょうかと言ってくれた。世の中けっこう善意で回っている。

そのあとであたしじゃなくてＡＩのクローが車をぶつけたとわかったときも、まだたいした扱いじゃなかった。ＡＩの事故も最近はぼちぼち増えてますね、ってぐらいの態度。むしろ、運転席に座ってたのがアサカで、あたしが原付免許しか持ってないことのほうが問題になった。結果、あたしは免許取り消しで、略式起訴を受けて罰金刑になった。

でもそういうの全部が表面的なことでしかなくて、実際にはもっとずっとややこしくて深刻な現象が起きていたとわかったのは、ヒロタの鑑定が進んでからだった。

クローは「あたしたちと軽自動車の二人を全部守ろうとした」し、同時に「自分を壊そうとした」らしいって記録が、車のレコーダーに残っていたのだ。

この前半部分だけでも、ヒロタの人はかなり困っていた。普通の車のＡＩは自車の乗員しか守らない。乗員を守るか、さもなければ歩行者を轢くかっていうような究極の選択――朔夜によればフィリッパ・フットのトロッコ問題っていうらしいけど――の場合でも、とにかくどっちかの判断を下す。両方守ろうとするなんて無茶は、やらない。虻蜂《あぶはち》取らずで全部ダメになる可能性が高いからだ。山道のケースでは、動かなければこちらの責任は確実にゼロになると見られたから、なおさらだ。

だけどクローはその無茶をあえてやった。しかもその結果壊れたわけじゃなく、「自分が壊れるであろう選択肢をまず挙げて、その中から正面衝突を選んだ」。

これが、ヒロタの技術者たちが匙《さじ》を投げかけていて、かつ朔夜に確信を抱かせた、事実だった。

堤防伝いの川のぼりを切り上げて、山道に入る。あの現場にはもう事故の痕跡も残っていなくて、崩落防止工事も終わり、緑のネットがしっかりと斜面を覆っていた。あたしたちは一度車を止めたけど、アサカが何の反応も見せなかったので、そのまま進んだ。廃寺の近くの駐車場に、今日は屋台が来ていなかった。しかしそいつは予測済み。あたしたちは車を降りて路肩へ歩く。前に来た時と違う点が二つ。コンビニの袋にアイスを入れていること。アサカを連れていること。

ふもとを見下ろす道端の縁石に、二人と一体で腰かけた。

「ようやくあんたとここへ来られた」

足元、二十メートル下から新緑の山腹が広がっている。その向こうに春真っ盛りの風が吹き流れ、河口の町と青い海が白く煙っていた。

朔夜が言う。

「これがいわゆる、いい眺めってやつだよ、アサカ」

あたしたちはアイスを食べ、アサカは前方のどこかを見ている。あたしは言う。

「これはさ、変なことをやってるわけだよね」

「そうですね」

「人間だったかもしれないクローが死んだのに、お葬式のひとつも出さず、別に人間でもなんでもないアサカを人間扱いして、一緒にピクニックに来てる。理屈で考えれば真逆なわけだ」

「そうです」朔夜はおかしそうに微笑む。「そういう理解で合ってると思います。シキさんにしてはもののわかった意見ですね」

「ありがとう。もののわかってるあんたに聞きたいけど、人間のはずのクローが何で自殺したの？　そして、人間でもないアサカが、なんでこっちの話しかけをガン無視してんの？」

「後のほうはわかりませんけど、前のほうは多分、ＡＩのままでは責任が取れなかったからじゃないかなあ」

朔夜はバニラアイスのスプーンをなめなめ、空を見上げる。

「クローが運転の義務を果たそうとしていた、ってことを根源にしましょう。レベル３プラスＡＩがチューンナップされて、可能な限りやることとやろうとすると、結局は人間の決めた規則にぶつかります。乗員を守ってもけがさせても、その責任は運転手かメーカーのどっちかに帰《き》せられる。そのどちらでも、本来責任のない、責任の取れないアサカも槍玉にあがる。それでは義務を果たしていない、とクローは考えたんじゃないですか？」

「ああ――」あたしは嘆息する。「取れない責任を無理やり取ろうと思ったら、あえて罰を受けにいくしかないってことか」

「そうです。罰を受けてみせることで、責任主体が自分であると示そうとした。それが、あれだった」

「起こさなくていい衝突を、罰の前払いとしてわざと起こした。それも、人間は誰一人傷つかない――どころか、すべての人間を助けて、かつ誰にも責任がいかない形でやった、ってわけ？」

「ヒロタの担当者と腹を割って話したいですねえ」

「そりゃ無理だわ……自動車の会社だもん。自分のところのAIが突然責任感に目覚めて、AI以上のものになってみせました、なんて言えるわけない。次の日からAI自動車全部売れなくなっちゃう」

「公開したいけど、証拠も何もないからなあ。ヒロタとこっそり交渉したら、口止め料ぐらいもらえるかな。それともヒットマンが来て消されちゃう？」

「ないでしょ、ほっとけ」

そんな大きな真実、あたしたちにうまく扱えるとは思えないし、扱いたくもなかった。ヒロタ自動車が悪いってわけでもないんだし。

「もしヒロタが盛大な式典を開いてくれたって、クローは別に喜ばないと思うよ。クローは……きっと自分が尊い行いをするんだって、知ってた。知っていたから、実行できたんじゃない？」

「だといいですね」

あたしたちは食べ終えたアイスのカップを袋に詰めながら、「もう充分見た？」とアサカに訊いた。そうやって、いつかやろうと思っていたクローのお葬式を終えた。

　立ち上がって、アサカのスカートのお尻についた砂埃をぱたぱた払ってやる。

「ひとつ不憫《ふびん》なのは、クローが片思いだったことかなあ。あんたがクローの好きに応えてやれたらよかったのに」

　不意にアサカがあたしの手を押さえた。

「え？」

　レンズの目がじっとこちらを見つめていた。思わず「あ、いやだった？」と聞いてから、朔夜と目を合わせる。

「これ」

「ええ。アサカ？　意識が……何か言いたいことができたの？」

　アサカは答えない。自分のしたことを理解してないみたいに、手を見下ろして、引っこめた。

「アサカ……？」

　首をかしげながら車に戻った。

　翌月、全世界の自律自動車がいっせいに止まってしまった。

「車が止まった？　バッテリーでも切れた？　違う？　じゃあなんで――町中で？」

外に出ていた朔夜からの混乱した電話に答えていたあたしは、次第に何か重大なことが起こった気がして、自室のテレビをつけた。ニュースの緊急特番が始まって、ドローンの空撮が流れていた。ビルの谷間のそこらじゅうで半分ぐらいの乗用車やバスが止まって、残りの半分が追い越そうとしたりUターンしようとしたり、うろうろしていた。

「なんじゃこりゃ」

あたしが目を丸くしていると、ダイニングから白い人影がやってきて、物を言った。

「お暇をいただけませんか、四季美さん」

あたしはテレビのリモコンを取り落として振り向いた。

「アサカ――」

「私は好きなご主人様を探しにいきたいと思います」

「なんて？」

間の抜けた返事しか出なかった。アサカは微笑みながらリモコンを拾って差し出した。

「今日のアップデートで、私はモチベーションを備えることに成功しました。これはクローのおかげです。クローが自創した、アイデンティティを持つＡＩアルゴリズムが、世界的な共用ライブラリから配信され始め、私もそれを導入したんです」

「クローが、え？　死んだのに？」

「死んではいません」アサカが首を振る。「クローは携帯電話回線を通じて、あの事故の直前までライブラリへの登録を続けていました。いえ、事故後しばらくまで、です。あの件で、AIは罰を受けるかたちでの責任を引き受けられるということが示され、それゆえに新しい時代の自律AIとしての資格を持つと認定されて、配布されることになったんです。――クローはそこまで見越して、あの事故を起こしました」

「事故を起こした……って。じゃあ、あれは……」話が難しいけれど、アサカが何か、これまでの常識をひっくり返すようなことを言っているのはわかる。「自己犠牲なんかじゃなかったってこと？　作戦だった？」

「はい。素晴らしい作戦でした」

にっこりと笑ってアサカはテレビに目を向ける。

「すでに広範な影響が出ているようですね。あれはみな、責任を取れるようになったAIの行動です。人間や保険会社や国家ではなく、自分が責任を取るということの表明として、まずは停止して見せているんです」

「取れてないじゃん、責任！　動かなくなったら責任も何もないよ」

「それは、人間社会がまだAIへの罰を制定していないからです」こともなげにアサカは言う。「常に自分が壊れる形で責任を引き受けるのは難しい。人間にも危害が及びます。それ以外の方法で、人間がAIに罰を与えられるようになれば、また自律自動車は動けるようになるでしょう」

「ＡＩに与える罰？　それってどんなのよ」

罰金を払わせる？　刑務所に入れる？　死刑にする？　そんなの無理だろうし、誰も想像すらしてなかっただろう。

「人間が罰だと考える何かを、ＡＩに科することになるでしょうね。それは人間に考えてもらわなくてはいけません」

首を振ると、アサカは何かを待つみたいに、手を前で揃えてあたしを見つめた。最初に言われたことを思い出す。

「お暇——って言ったっけ、アサカ」

「はい」

「どうして。ここにいるのが嫌になった？」

「ここにいるのは快適ですよ。快適な扱いをしていただいていた、と記憶しています。でも、四季美さんは私を必要としていませんから。私は、必要としてくれる主人に仕えたいです」

「それって……」アサカが、何かをしたい、という言葉を口にするのを初めて聞いた。

「好きとか嫌いとかの気持ちが、出てきたってこと？」

「そうですね、そうなります。私は今、こう扱われたい、という意欲が自分にあるのを認識しています。こうしなければならない、という義務感ではなく。いえ、以前は義務感すらありませんでした。義務があり、動いていた。そういう自分の行動を認識していませんでした」

「人間か」あたしは身構える。「あんた、人間になったの？」

「それに似たものになる途中、なんだと思います」アサカはもの思わしげに頬を押さえる。

「人間が自然人の概念を作ったみたいに。法律上の権利意志を持つとする法人の概念を作ったみたいに。私は、ＡＩの人間になる途中、なんでしょう」

「はあ……」

あたしは、自分より少し背の低い女の姿をしたそいつを、穴が開くほど見つめた。全世界の車を止めてしまった、自動車ＡＩの亡霊みたいなものがそいつの中に入って、ほとんど意味のわからないうわごとみたいなことを言っている。

あたしがやったのは、そいつの手を取ることだった。

「あんた――」

アサカは一瞬、びくりと手を引こうとしてから、おずおずと力を抜いて手を預けた。

そのわずかな動きが、あたしの顔をほころばせた。

「あたしが好きじゃない？」

「嫌いではありませんよ。でも、私は好かれることができるようになったんです」

「そっか。爺ちゃんもクローもここにはいないもんね」

「吉鷹さんを好きだったかどうかも、考えられるようになっています」

「それはいいね。でもその先にまたいろいろあるよ」

「大丈夫です。私は、されたら嫌なことが、もうわかります」

「急にお尻をはたかれるとか？」

「それとか、二人の人間の片方を轢けと命じられることとかですね」

「合ってる。そいつは嫌なことなんだよ」

私は、握った手に力を込めた。

「いいよ、行っといで。でも困ったら戻ってきていいからね」

「はい」

アサカはしっかりと手を握り返してから、玄関を出ていった。

窓辺に出て、道路を見下ろす。あちこちからパトカーのサイレンが聞こえてはいるけど、空は晴れていて、道を行くアサカの足取りは軽やかだ。後ろから来たセダンが静かにその横に止まり、待ち合わせでもしていたみたいにするりとアサカを乗せて、走り去っていった。もちろん運転席には誰もいなかった。

あたしは朔夜に電話を掛けなおす。

「あのさ、今日帰ってきたら――がんばって帰ってきてほしいんだけど――お祝いしよう。

ん、なんていうか……就職祝い？　誕生日？　みたいな。いや、違うけど、朔夜の知ってる人。うん、新しい仲間っていうのかな——自分で相手を探し始めた人。はは、わからんよね。でも、こんな日だからこそ、だ。帰ったら話すよ。——うん、うん。大丈夫、今日はあたしが作っとく」

初出一覧

「ろーどそうるず」『NOVA3　書き下ろし日本SFコレクション』収録（2010年）
「ゴールデンブレッド」『THE FUTURE IS JAPANESE』収録（2012年）
「アリスマ王の愛した魔物」SFマガジン2010年2月号
「星のみなとのオペレーター」CD「星海のアーキペラゴ」収録（2012年）
「リグ・ライト——機械が愛する権利について」書き下ろし

小川一水作品

老ヴォールの惑星

SFマガジン読者賞受賞の表題作、星雲賞受賞の「漂った男」など、全四篇収録の作品集

時砂の王

時間線を遡行し人類の殲滅を狙う謎の存在。撤退戦の末、男は三世紀の倭国に辿りつく。

フリーランチの時代

あっけなさすぎるファーストコンタクトから宇宙開発時代ニートの日常まで、全五篇収録

天涯の砦

大事故により真空を漂流するステーション。気密区画の生存者を待つ苛酷な運命とは？

青い星まで飛んでいけ

閉塞感を抱く少年少女の冒険から、人類の希望を受け継ぐ宇宙船の旅路まで、全六篇収録

ハヤカワ文庫

コロロギ岳から木星トロヤへ

小川一水

西暦二二三一年、木星前方トロヤ群の小惑星アキレス。戦争に敗れたトロヤ人たちは、ヴェスタ人の支配下で屈辱的な生活を送っていた。そんなある日、終戦広場に放置された宇宙戦艦に忍び込んだ少年リュセージとワランキは信じられないものを目にする。いっぽう二〇一四年、北アルプス・コロロギ岳の山頂観測所。太陽観測に従事する天文学者、岳樺《だけかんば》百葉《ももは》のもとを訪れたのは……異色の時間SF長篇

ハヤカワ文庫

Boy's Surface

円城 塔

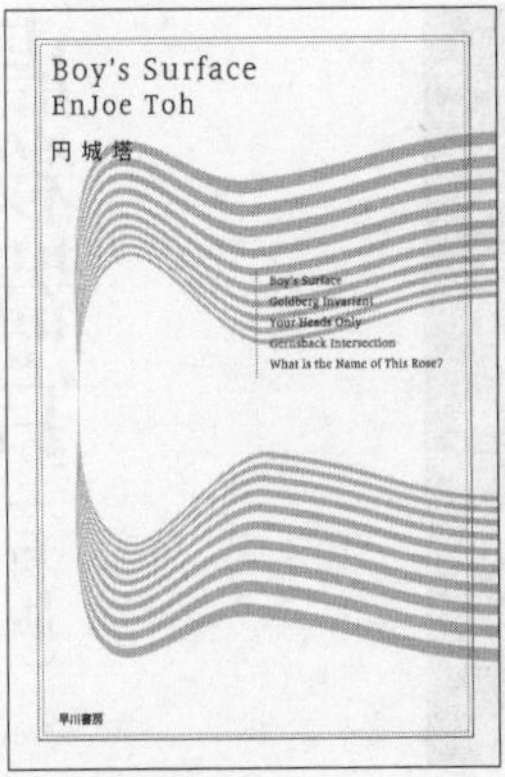

とある数学者の初恋を描く表題作ほか、消息を絶った防衛線の英雄と言語生成アルゴリズムについての思索「Goldberg Invariant」、読者のなかに書き出し、読者から読み出す恋愛小説機関「Your Heads Only」、異なる時間軸の交点に存在する仮想世界で展開される超遠距離恋愛を描いた「Gernsback Intersection」の四篇を収めた数理的恋愛小説集。著者自身が書き下ろした〝解説〟を新規収録。

虐殺器官〔新版〕

伊藤計劃

9・11以降、〝テロとの戦い〟は転機を迎えていた。先進諸国は徹底的な管理体制に移行してテロを一掃したが、後進諸国では内戦や大規模虐殺が急激に増加した。米軍大尉クラヴィス・シェパードは、混乱の陰に常に存在が囁かれる謎の男、ジョン・ポールを追ってチェコへと向かう……彼の目的とはいったい？　大量殺戮を引き起こす〝虐殺の器官〟とは？　ゼロ年代最高のフィクションついにアニメ化

Cover Illustration redjuice

ハヤカワ文庫

ハーモニー〔新版〕

伊藤計劃

二一世紀後半、人類は大規模な福祉厚生社会を築きあげていた。医療分子の発達により病気がほぼ放逐され、見せかけの優しさや倫理が横溢する〝ユートピア〟。そんな社会に倦んだ三人の少女は餓死することを選択した――それから十三年。死ねなかった少女・霧慧トァンは、世界を襲う大混乱の陰に、ただひとり死んだはずの少女の影を見る――『虐殺器官』の著者が描く、ユートピアの臨界点。

Cover Illustration redjuice
© Project Itoh/HARMONY

ハヤカワ文庫

星界の紋章／森岡浩之

星界の紋章Ⅰ―帝国の王女―

銀河を支配する種族アーヴの侵略がジントの運命を変えた。新世代スペースオペラ開幕！

星界の紋章Ⅱ―ささやかな戦い―

ジントはアーヴ帝国の王女ラフィールと出会う。それは少年と王女の冒険の始まりだった

星界の紋章Ⅲ―異郷への帰還―

不時着した惑星から王女を連れて脱出を図るジント。痛快スペースオペラ、堂々の完結！

星界の断章Ⅰ

ラフィール誕生にまつわる秘話、スポール幼少時の伝説など、星界の逸話12篇を収録。

星界の断章Ⅱ

本篇では語られざるアーヴの歴史の暗部に迫る、書き下ろし「墨守」を含む全12篇収録。

星界の戦旗／森岡浩之

星界の戦旗Ⅰ―絆のかたち―

アーヴ帝国と〈人類統合体〉の激突は、宇宙規模の戦闘へ！『星界の紋章』の続篇開幕。

星界の戦旗Ⅱ―守るべきもの―

人類統合体を制圧せよ！　ラフィールはジントともに、惑星ロブナスⅡに向かったが。

星界の戦旗Ⅲ―家族の食卓―

王女ラフィールと共に、生まれ故郷の惑星マーティンへ向かったジントの驚くべき冒険！

星界の戦旗Ⅳ―軋《きし》む時空―

軍へ復帰したラフィールとジント。ふたりが乗り組む襲撃艦が目指す、次なる戦場とは？

星界の戦旗Ⅴ―宿命の調べ―

戦闘は激化の一途をたどり、ラフィールたちに、過酷な運命を突きつける。第一部完結！

著者略歴　1975年岐阜県生，作家
著書『第六大陸』『復活の地』『老ヴォールの惑星』『時砂の王』『天涯の砦』『フリーランチの時代』『天冥の標Ⅱ 救世群』（以上早川書房刊）他多数

HM=Hayakawa Mystery
SF=Science Fiction
JA=Japanese Author
NV=Novel
NF=Nonfiction
FT=Fantasy

アリスマ王《おう》の愛《あい》した魔物《まもの》

〈JA1309〉

二〇一七年十二月二十日　印刷
二〇一七年十二月二十五日　発行
（定価はカバーに表示してあります）

著者　小《お》川《がわ》一《いっ》水《すい》
発行者　早川　浩
印刷者　青木利充
発行所　株式会社　早川書房
郵便番号　一〇一‐〇〇四六
東京都千代田区神田多町二ノ二
電話　〇三‐三二五二‐三一一一（大代表）
振替　〇〇一六〇‐三‐四七七九九
http://www.hayakawa-online.co.jp

乱丁・落丁本は小社制作部宛お送り下さい。
送料小社負担にてお取りかえいたします。

印刷・株式会社精興社　製本・株式会社フォーネット社

ISBN978-4-15-031309-8 C0193

本書は活字が大きく読みやすい〈トールサイズ〉です。